MAMÁ DUERME SOLA
ESTA NOCHE

© 2016, José Agustín Monsreal Interian
© 2016, Jus, Libreros y Editores S. A. de C. V.
Donceles 66, Centro Histórico
C. P. 06010, Ciudad de México

Mamá duerme sola esta noche
ISBN: 978-607-9409-58-6

Este libro fue escrito con el apoyo del Sistema
Nacional de Creadores de Arte del Fondo Nacional
para la Cultura y las Artes, FONCA.

Primera edición: septiembre de 2016

Diseño de interiores y composición: Sergi Gòdia
Cuidado de impresión: El Recipiente

Impresión:
Editorial Color
Calle Naranjo n.º 96 bis, planta baja
Colonia Santa María la Ribera
Delegación Cuauhtémoc
06400 Ciudad de México

Impreso en México - Printed in Mexico

AGUSTÍN MONSREAL

MAMÁ DUERME SOLA ESTA NOCHE

UN CUENTO LARGO, MUY LARGO

precedido de

REENCARNACIÓN

UN CUENTO CORTO, MUY CORTO

Jus

REENCARNACIÓN

UN CUENTO CORTO, MUY CORTO

REENCARNACIÓN

¡Carajo, otra vez perro!

MAMÁ DUERME SOLA
ESTA NOCHE

UN CUENTO LARGO, MUY LARGO

A la memoria de mi hijo Darío.

A ninguna ciudad se la ama o se la odia
por sí misma, sino por sus habitantes.

Por algún lado se empieza, así que empecemos por aquí:

no vale ninguna penalidad meterse en averiguandas para
conocer de quién fue la sesuda idea, el caso es que a todos les
pareció sencillamente estupenda y, cuando a la hora de la co-
milona en el restorancín de cada vez y de siempre se la plati-
cosearon a Bernabé,

que era el único que faltaba,

Bernabé se arremolinó desde los zapatines hasta la melena
alborotada y en un santiamén,

o en dos cuando mucho,

aspaventeó que él también estaba más puesto que un con-
dón:

cómo carambanes no.

—Sólo que no tengo ni un mugre centavo partido en cuatro partes: reaccionó de golpe bajo y se le desparramó la sal-
sa de la euforia por los ladrillos y se le chorreteó por las fauces
de las alcantarillas hasta alcanzar las puertas mismas del dre-
naje más profundo de su subsuelo.

Eso ya se sabe, carnalito, le contestaron: a estas vertigino-
sas cimas nevadas de la quincena nadie tiene, y con la compradera de los regalos de mañana menos, todos andamos an-
clados en la penúltima pregunta y con la marrana miseria pe-
gosteada en los destuetanados huesos, pero para eso conta-
mos con la cajonera de ahorros, ¿no?

—Ah, pues sí, tienen razón, por supuesto que sí: recono-
ció Bernabé recogiendo su animosidad escaramuzadamente
maltrecha, volviéndosela a poner como segunda piel hecha a la
medida y reconociendo que le quedaba muy requetebién.

13

Aistá, le dijeron los otros: habla con Cajas Destempladas y alégale con sincero alegato que requieres un préstamo auténticamente urgentérrimo, sólo es cuestión de hacerle la llorona con genuidad y listo, además de que no puede necearte que no así nada más, con entonación burlona y astuta, con gesto despreciativo y escalofriante; no, es mula dispareja y cuadradísimo del cacumen como todos los contadorsetes del planeta mundo, pero comprensivísimo cuando olfatea que hay contantes y sonantes réditos de por medio, ¿verdá?

Verdat.

Y ahí están ambos dos, frente a frente y a la par, clavándose los ojos:

sarcásticos los unos, los obesos; incrédulos los otros, los recelosos:

cuatro ojos sopesándose como a través del agua sucia de una palangana:

pero Bernabé, además, fisgando con visión periférica un letrerito en la pared:

> Señor,
> mándame pena y dolor,
> mándame males añejos,
> pero lidiar con pendejos,
> no me lo mandes, Señor.

Y otro que a lo mejor venía más al caso:

> Para pedir te haces chistoso,
> para pagar te haces pendejo.

El sujeto era un remedo de dandy modelo comedieja musicalera que respiraba muy a gusto en su oficina cuchitrilesca,

que mañoseaba en lo oscurito para otorgar el vistazo bueno a la buenez de las empleadas nuevas,

14

que disfrutaba de lo lindo las carencias monetarias de sus subordinados,

que se complacía enigmáticamente con el ciclorama grisáceo de la burocracia y conocía, sobre todo, el avieso artilugio de mover el rabo según el humor acróbata de los amos.

Curiosamente, como para demostrar que a final de cuentas y cuentos no poseía tan pésima entraña, que alguito le quedaba de madre, Cajas Destempladas estaba en un plan decentoso, vanguardial, y con el corazón idéntico a pan remojado en cafecito con leche de vaca negra, así que no hubo necesidad de ningún tragedión panteonero destinado a manipularle la conmiseración, por el contrario, escuchó la vil mentirosilla con paciencia de santito recién canonizado y un talante de excelencia incondicional y, para que ni el peor inmortal ponga en dudamiento o entredichez la esperanzadora nobleza humana, concedió desembolsar la marmaja sin retobos ni fantochadas, sino al contrario:

dándose aires de señorío y nítida generosidad y hasta:

—Le das un abrazo a tu mamacita de mi parte, por favor: solicitó al término de la cordialísima entrevista, enmascarándose, ladino, de agradable y sonrisimpaticón, el muy cagada de mono araña.

Y Bernabé, bastante sorprendido (y desconfianzudo aún), con un alargamiento de labios más postizo que una dentadura postiza, respondió con sencillez de arlequín y suavidad de papel higiénico:

—Sí, gracias, señor Álvarez («tetrabelodonte», mascó mentalmente; desde chico se aprendió la palabreja y desde entonces la utiliza para insultar descalificar burlarse de alguien; *tetrabelodonte* hace las veces de proyectil imaginario capaz de derribar de su pedestal a cualquiera). Muchísimas gracias («ya rugiste, camión materialista, tú también le calzas un abrazo de oso malidoso a la tuya, paquidermo infeliz; por si me estás queriendo ver la cara de Tetlepanquetzal, digo»).

15

Salió inflado de satisfacción como general romano en territorio conquistado

(din diling ding):

experiencia memorablemente inobjetable.

Y al rato, cuando se le asentó en el fondo del barril el entusiasmo y se puso en marcha forzada el complicado mecanismo de su conciencia, apareció la sombra del mal agüero en el ojo bueno y comenzó a fastidiarle la mordedura de un sentimiento de culpabilidad intratable,

el huraño diablujo del arrepentimiento,

el alfilerazo rabiante por haberse enrolado para la fiestería tan así a lo demente de a tiro,

tan sin pensarlo siquiera dos pares de veces, tan sin pensarlo una sola, punto:

ahorita sí muy entrón y muy sácale punta y muy mangancha para el caguamo despilfarradero, pero el día de mañana, cuando repercutan los descuentamientos del préstamo, entonces sí a lamentosearse por lo botarate, por lo dispendioso, y a ceñirse el triperío, y a no tener ni un mísero clavo decapitado para llevar a Conchita al cine los domingos:

qué menester hay de adentrarse en líos,

a ver, qué premura:

pero ya había empeñado su improfanable palabra y ni forma de echarse atrás, vulgo *recular*, y quedar del asco igualito a huevo podrido ante la real confraternidad de sus bróders del alma-cén:

eso nunca de los jamases en ninguno de nuestros peliagudos días terrenales lo permita san Diosito.

A la salida de la ardua jornada laboral se encontró con la novedosa sorpresa de que más de la mitad de los seleccionados habían metido rajona reversa, y fíjense que dijo mi mamá que siempre niguas, y que de todo aquel abundoso grupo original sólo cuatro magníficos quedaban en pie de banda de

16

guerra o a modo de tropas de asalto, si se prefiere tal denominación:

Tito, Albino, el Oruga y Bernabé.

(«No chiflen,

de haber clarividenciado con ojuelo pitoniso las tremebundosas y descastadas proporciones del desertadero yo también aduzco incontinencia diarreica o sopladura nefasta en el corazón y me culebreo,

me arrendijo,

me insustancializo,

pero quién iba a saber o adivinar o ya en penúltima instancia sospechosear tan desleal acobardamiento,

tan huidiza traicionadura,

tan extendida desmembración de hombría,

ni profetiso espiritista o presagiador vegetariano que fuese uno.»)

Bola de batea de babas y mariconsetes, los demás:

encierro, destierro y entierro pa todos ellos:

qué poca madre, con respeto sea dicho:

y sin respeto iguanas ranas:

sí, qué tornadizos:

qué nadería de progenitora, de plano:

y a la vez que falta de amorosidad por la misma, ¿verdá?

Verdat.

Pues no leaunque,

¿a poco precisamos de vejigas para ventosear?,

¿a poco somos chilpayatitos de pezón?,

¿a poco carecemos de güevería?,

si nos mostramos justicieros a la manera de los enmascarados de las películas mexicaltecas, cuatro contra el mundo resultamos más que suficientes para emprender desafiadoras odiseas y nos bastamos y nos tenemos bien de sobra para la enjundiosa celebración.

Hágase como decimos, no como hacemos que hacemos:
sentencia querenciosa y pertinente:
trátate bien y acertarás.

Así que se treparon y se enmueganaron en el volchito tablero de peluche verde moco del Oruga dispuestos a pensar cómo invertir las horas por venir en modalidad de tentempié porque todavía era temprano, la siete de la tarde noche,

y apenas a eso de las once, once y media, estaría oportuno liberarle el freno de mano (hazme el favor) al desmadrosón.

—¿Entons qué? ¿Hacia dónde enfilamos en tanto madura el nocturno trayecto?: inquirió derrochando veraz entusiasmo de chapulín pecho anchuroso el disponible y dispuesto conductor resignado.

Pues para la Zona Color Pantera Jolivudense

(puaf puaf).

Nanay:

jamásmente:

ya no se estila ni se sazona:

se la herenciamos de buena voluntad a los politicazos, a los yuniorcitos y a los haraganes de gimnasio con aspiraciones de jetset:

así somos de gentilosos, querubínicos y magnánimos.

—Entonces al Califa, o al Angelines.

¡Qué corrientez, oh!:

el naco es el peor eco del naco:

no nos enturbies ni nos amargures el ánimo con esas vulgarecencias:

Ciertísimo, eso déjalo para que se coloreen la cornamenta los intelectualeros de brocha gorda y celebérrima mediocridad.

¿Cómo dices que les dicen las secres ejecutivanas?

Ah sí,

esnobsitos, falsamentarios, nalgamentistas migajoneros, payasines mañeros de doble cara funebresca, mira, para que me caches miniaturizadamente el concepto,

gobiernosos alardeadores de pertenecer a la novísima hornada de la carrocería completa de adoctrinados efebos pachulis:

«vayamos a rajar un danzoncete ahí donde habitúan los pobretones de espíritu para que atencionen questamos de uñita encarnada con el pueblo y demostrarles que ni somos fijados ni tenemos prejuicios»,

ay sí tú, los muy populeros:

¡pa populeros mis inches güevos!:

hipocritazos,

bien apretados y racistas que son, ¿verdá?

Verdat.

El Oruga atesoraba una botellita cuartera de caña bravísima en la cajuelita del autito, la sacó y se empujaron cada quien su gorgoreíto:

del primero al último, como elocuente disco rayado, exclamosearon:

ah, qué a toda madre:

y se limpiaron la bocaza de tragosear con el dorso de la mano de agarrar y con el puño de la camisa:

y Tito eructó cual cochinito en la cama,

y Bernabé se almidonó el cuello repartiendo cigarrines de fayuquería,

y Albino propuso agenciarse varias cajetillas porque luego en los cabaretes los mercadean a precios de colmillo de elefante infante,

y todos los cuatro al unísono atrabancamiento se manifestaron:

sí de acuerdísimo,

y además pusieron a la fiesterosa consideración de la asamblea el nadamente desechable consejo de allegarse otra botelluca para después:

19

y deliberaron vociferadoramente, midiendo y pesando centímetro a centímetro la consistencia, la solidez del asunto,

y atodasmadresmente votaron a favor,

y el Oruga echó a sonajear el motor del carruajito y con entonación estentórea (dicho esto a la manera clásica) espetó:

—Qué pasó, mis paladines,

¿ya se decidieron?

(mmmhhh).

—Nones, todavía no nos determinamos.

—Ah, qué raquítica imaginería, de plano,

propongan, propongan,

a ver, esas gentes de mundamadral relajo, no comiencen a mostrar el cobre de su raza a las primeras de cambio, a ver,

exprímanse neoliberalmente la de cogitar,

aprieten bien los esfínteres para cerebrear con la debida corrección,

piénsenle, piénsenle, y despulmonen

cuál es su gustosidad,

cuál su antojo más a todas luces íntimo,

cuál su natural o viciada inclinadura…

Olía como a llovizna, aunque el cielo estaba despejado, desnublado, azulísimo, sin complicaciones, bonito, si tenemos en cuenta lo que suelen ser los celajes en esta ciudad de los palacetes entoldadamente chamagosona, forrada por arriba de capas y capas de grisitud, de una casi palpable nata de ceniza…

—¿Qué tal si vamos al Dragón Rojo?

—Ándale, por ahí suena más melodiosa la cosa de la osa misteriosa.

—Uuuy, pero ahí es donde toca el Aristócrata de la Cumbia.

—¿Y quién es ése?

—Un antropoide que dice que su música no es para las once mil criadas que hay en la city, sino para personas de otro nivel, para la gentecita de colita sonrosadita que huele bien.

—Muy sabanita de seda y cucharita de plata, el nene.

—Guacarita con pedorrera, qué basilisco de tipo.

—Ah, bellaconsón, pillinerín, atorrantinito.

—Entonces mejor le caemos a la Cueva de Satanás.

—Ándale, eso complace más a mi escrupulosa y crápula personalidad rumbera, para que veas.

—A la mía también la satisface y la contenta, hay ahí un inche ambientazo que no tiene espinas en su corona.

—Lo malo es que siempre está muy cnllenado cual vagón de metro en las horas propias del manoseo carnivorón.

—Uy, pero eso es justimeramente lo bueno, el calentadero es bochornosamente bárbaro.

—Y con suerte hasta ejemplares ejemplos de carne fina y pelambrero güero nos sonsacamos…

Pues no se diga más y písele duro, mi Oruga,

los automotores se forjaron para corremeterle en pos de las ánimas escapistas del purgatorio

(dígase con claridad, precisión y belleza):

y la vida para jalonearle los calzones a la prisa, ¿verdá?

Verdat.

Sólo que al destino chapucero se le ocurre que justo y necesario es ponerle un dique de contención a la caudalosidad impulsiva de la muchachada y los aprisiona en el redil,

los apergolla en el aro,

los frena en subida:

vamos por partes, les dice:

primero el llegue escuelero a los cigarros y a la botelluquita de resguardo:

faena cumplida y hasta ahí todo está bien:

pero luego sin previo aviso de ocasión

(¡cataplum!):

estop, engarrótenseme ai:

el sofoconcérrimo,

21

el frustradero,

el balde de agua helada (otra expresión a la usanza clásica de los clásicos),

el malogramiento de envergadura colosamental porque a los varios lugarsejos propuestos que acudieron les resultó misión imposible acceder

(¡ooohhh!):

en el Dragón Rojo porque, quién iba a decirlo, estaba a reventar de fanaticada y el simio quebrantahuesos custodiador de la puerta, por sólo fingirse de la vista alegre y franquearles el paso, aspiraba a lo del sueldo de una semana completa, y agréguenle ustedes (quienes quiera que sean ustedes, ¿eh?, simples observadores o testigos de fiar, nos da igual) lo que iba a pretender la ambicionadura del esmokineado galopinchillo por acomodarlos en la mesa, y añádanle el atracadoramente voluminoso costeadero de los licores que consumieran:

parece mentira, una simpleza, juego de niños, pero no:

es lo más humilladoseador del continente libre de esclavitud:

como si tuvieses novia de tercera mano que te dijera si me quieres súrteme de diamantes perlas esmeraldas amatistas topacios rubíes y alguna que otra bagatela por el estilo para lucirme a tus anchas:

pues no, ni loquito questuviera,

ni que me sacaran a mandarriazos la muela del juicio,

ni que me electrochoquearan para enderezarme las ideas.

Y el perturbador fenómeno rechazante denigrante se repitió como si se tratase de copias al carbón en la Cueva de Satanás y en el Múcura Bar y en algunos otros de equivalente recalada de por el rumbo y hasta de más lejos.

¿Parecida a qué esta crueldad tan significativa?

Parecida a ser barnizados en completa desnudez con gruesas capas de petróleo crudo y puestos a secar en una fiesta de antorchas encendidas (bua bua).

Para fracturarle la espina vertebral de sus ensueños a cualquiera.

Para perder la fe en la humanidad.

Para no creer más en la sobrenatural y maravillosa pureza de María.

Para descreer que Dios existe y que sirve para algo.

Ay, Santa Teresita de las Angustias nos coja confesados.

¡Y coja confesados a mis inches güevos!

De manera que acabaron por sumergirse en la atmósfera pobretona, casi sólida, de olores vulgares y turbulentos y voraginosos de Los Frutos del Paraíso, un cabaré de entre quinta y última categoría que se encontraba más socorrido de cristianos que la Basílica en 12 de diciembre.

Entraron custodiados turbiamente por las rascuacheras miradas pelagatosas de los parroquianos

(cof cof).

Chusmaje de majes.

Cuídense las bolsas y aguas con las broncas:

les podían romper íntegra toditita su mandarina sólo porque zumbó la mosca caraecaca:

esta estirpe bronceada es ruda, sucia de alma y traicionera:

fíjensen en las jetas de poquísimos afectos que se cargan:

la estampa de gallinazos de pelea:

pura calaña del infracírculo de la más ínfima hamponería:

pelafustanescos:

brabuconeros:

ralea de hienas y chacales.

¡Yaaa,

ni que fuera para tanto!

Sí es:

divísenlos en su carencia de buenos modales, de urbanidad:

pero si no te metes granujientamente con ellos no se entrometen aviesamente con tu personita

(¿*granujientamente* de *granos* o de *granujas*?):

al alba, de todas formas, no sea que por ponerse atrabancosos me los vayan a descoyuntar malandrinamente:

no confundan la sosa de la vecina con la potasa de su carnala.

Bueno, al violín con otro tono, o lo ques lo mismo:

a otra cosa mariposa monarca.

¿Qué brebaje celestial se aconseja para mitigar el fuego sagrado de la sed y encomendarse a las florilegiaturas del espíritu?

¿Solicitaban media botelluca o de tres cuartos?

Tres cuartos, votaron en cerrada votación cuatro a cero:

ah, y puntualicemos filias y fobias para los gaznápiros

(no es por ti, mi buen, es por los demases):

la doncellísima que quisiera ingerir con ellos que también se zampara su ron o que se borrara del mapa:

nada de tramperas agüitas pintadas:

cuidadito con dejarse enchiquerar a las primeras de cambio:

dense a desear, acuérdense:

el que consume manda.

Mantengan a raya a las amazonas:

hay que sopesarles primero sus intencionadeces,

sus simpatiquerías,

la poquedad o muchedad de sus carnosidades.

Que conste.

Más tardó el volandero mesero en apersonarse con la caña y las cocas que un conglomerado de moscaseantes meretrices en arrancarse desde la pista y aterrizarles encimosas papaciteándolos, papichuleándolos, desproporcionando para ellos el claro clamoreo de sus risas y sus ya muy bregados encantamientos que

(suponemos)

hicieron época doradona y causaron no pocos furores con la refulgencia de sus ampulosidades hoy caídas en tan pirujera desgracia:

enfundadas cual legendarias sirenas del mar muerto de ansiedad en entallados vestiditos destacadores por igual de las poquísimas encantadurías bien ubicadas que de las hartitas sobranteces que se les desparramaban impúdicas y lastimeras.

Sin embargo

(vean, si pueden ver; oigan, si quieren oír):

observen nomás la sofisticada y elegantísima calidad que esta noche ponemos a disposición de su extraordinario buen gusto y elijan ustedes distinguidos caballeros entre nuestra variadísima cantidad de opciones, sugerencias y recomendaciones

(a eso le llamamos nosotros extrema cortesía:

ejem ejem:

desusada, remilgosa y bienhechora respetabilidad).

Modelos de todo tipo:

carrocerías diversas, tonelaje, equipamiento, cilindrada, kilometraje recorrido, estabilidad:

disfruten ustedes nuestras novedades exclusivas:

miren qué chasis,

qué amortiguadores,

qué salpicaderas,

qué mofles,

qué adornos tan bien lustrados

(ay, prieta color de llanta, aquí está tu rin cromado):

y por galantería de la casa:

la escrupulosa garantía de un funcionamiento comprobado en cualquier clase de climas, caminos y condiciones de manejo, así como un categórico certificado de control de sanidad.

Sólo que ellos, prudencieramente:

—Todavía no, muñecas, al rato.
—Orita quentremos en calor.
—Ai despuesito las llamamos.
—Sí, despuesito.
Pero son necietercas, las condenadas:
arremetedoras con movimientos tácticos mielosos,
atorbellinados,
simulacradores de osadías genitales resueltas y bárbaras,
siniestras, tal vez,
capaces de hacer desatinar al dios más sosegado,
desequilibrarle la paciencia y la tolerancia al meditacionis-
ta más encumbrado en la paz interior,
pegajosteosudas,
posturas provocativas, servilísticamente lascivas,
encimimosas concupiscentes:
como nubarrones espectaculares relamiéndole sus poros
al cielo,
como enjambre mosquiento sobre desperdiciadero ester-
colero,
como esperpentos de museo de cera:
y ya bien desbieladas en su mayoría,
con sus maquilladuras excesivas y sus ropas de telas aterciopeladas, satinadas, artiseladas, lustrosas,
semejantes a personajes de la farándula y casi alucinantes
en sus aromajes,
en sus gesticulaciones actricientamente voluptuoseras,
en su escandalosa desvergüencidad,
en su indisimulable ordinariez:
y feas
como pezuña de vaca,
como cadáver mal decorado,
como recordarle su madre a Diosito en Semana Santa:
un ruinerío, francamente

(ugggrrr ugggrrr).

Sí, inmundiciamente cierto.

—Ya les dijimos que después, ¿no?

(usha usha).

»Así que sésguense fuera de la cancha y no hagan bulto.

Sólo hablándoles golpeado apechugaron y accedieron a marcharse, a ahuecar el ala, escupitajeando ironías, diligenciando leperadas y burlas y vomitando sin ánimo de ofender sino nada más de sacar roncha el chinguinoso repertorio de lujuriosidades que supositoriamente se perdían los cuatro mentecatos zonzotecas al desdeñarlas, y se largaron a triquiñuelear sus rascuachosidades entre otros puñados de melenudos y patilludos y a posar sus espaldares y nalgadares contra columnas y paredes:

nocturnidades, sombras mujeriles faunescas, carnavalescas, espantapájaros en holganza, esculturas contragolpeadas, contrahechas, habituadas a los rechazos igual que a los reclamos:

cosas del oficio más antidinosáurico del mundo:

ni corajes ni resentimientos ni rencores:

aquí el que se enoja pierde hasta la virginidad

(¿de las orejas, de las fosas nasales?).

—Bueno, ya va siendo hora de penetrar en materia

(¿quién es materia?).

En efecto, y para arrancar el guateque como la ocasión demandaba y requería, algún alguien de los cuatro propuso que el primer brindis lo aderezara cada quien en honor de su respectiva mamacita, pero un segundo corrigió quera más cabal y más parejoso forjar uno solo por las santificadas modercitas de todos:

ah, mejor que mejor:

porque éste es dogma que nadie ignora:

no hay como las jefas para quererlo a uno, nos cae,

27

para comprender y perdonar nuestras babosadas y nuestros pecados,

para sufrimentar y sacrificarse y para todos esos lugares comunes del maternal cariño, ¿verdad?, que los vastaguitos suelen reconocer de tetilla izquierda,

entiéndase de corazón,

una vez por año, o séase cada que está enflorecido mayo y en botón la rosa de la borrachera:

no en balde son ellas las que lo empujan a uno al ruiderío del mundo,

las que lo crecen y robustecen con su amamantadura,

las que le cuidan los traveseos y los dolorcitos de barriga, los sarampiones, la salida del nuevo dientito y asimismo las que le toleran a uno todas sus inconfesables canijadas y sus cabronismos y hediondeces,

así que no por choteado es menos manifiesto y fidedigno que:

MADRE SÓLO HAY UNA.

Salú.

Salut.

Y agotaron medio vaso de una sola gargantada, sin respirar, o sea sin empañar la limpidez del vidrio, lo que se llama en lenguaje etílico un pulcrísimo submarino, no obstante lo cual:

—Ay, infeliz, las serviste bien cargadas.

Raspositas, las cubas, pero eso sí:

alebrestadoras.

¡Pa alebrestadores mis inches güevos!

—Saludcita, otra vez.

Y despachada la de abrir boca, empiezan a perderle el respeto y el miedito cus cus al lugarejo,

comienzan a involucrarse en su rejuego,

y así como hay quien se empina hacia el abismo sin experimentar más allá de un cosquilleo de cortometraje en la panza, al poco rato descubren que gallinean por el escenario dos que tres ponedoras de muy buen ver,

de no tan guánguidas agarraderas,

que no balan malas canciones,

que no están tan abandonadas de ninguna de las manos de Dios:

en un descuido hasta imitaciones posibles de vénuses y afroditas les resultan, remilgadosos remedos de cachondería,

y en tantito más hasta las convidan a bailar y ellas:

—Claro que sí, mijo, pero hay que pagar lo que cuesta la pieza.

Bien desquitada la tarifa, deben reconocer, ni para qué rebuznarse los occisos, porque ellas aprovechan la guapachosería para chulosearlos, propinarles su coba, sus arrimones ardientosos, caderear de lo lindo, remecerse para inducirlos a calenturarse y abultarse el pantalón y:

»¿Qué tal si nos salimos de aquí, muñeco? Vámonos al hotel.

Juramentando satisfacerles una por una sus fantasiadurías y caprichosidades y trabajarles a todo vapor y sabor el apareamiento porque, humildosidades aparte, su ya larguirucha experiencia las titulaba con honores como las más propicias, las más coherentes para la boquiembelesadora ejercitación del coito:

palabra dominguera que utilizaban con estupenda y salvaje inmodestia:

coito:

hagamos coito circuito, mi amor.

Sólo que los presuntos garañones tenían escasamente media estocada adentro, magullaban aunque aún no se sensibilizaban ni se embaucaban para la compradera y preferían continuar despachándose los morosos o atragantados tragos y combinarlos sentimentalmente, en los descansos de la barullera orquestina, con los recontaderos de amoríos quién de-

29

monios del averno puede saber si fidedignos o chaqueteramente figurados:

—Ese inventario no te lo conocía, Bernabé, vas a ver, se lo voy a pasar al costo a mi hermana:

con historias de valerosidad más increíbles que una juramentación de mujer y más fastidiosas que un salpullido en los güevos,

con esporádicas y resentidas rayadas de madre destinadas a los mariquitas sin calzones de la chamba que no quisieron jalar parejo,

con letreadas de canciones, albureos, nostalgicamientos tan pronto esbozados como desdeñados y promovidos rumbo al olvido,

con visitas a ratos harto frecuentes al abundantemente pestilente pipisrrúm de caballeros:

urgencias miccioneras:

Con la venia de la honorable concurrencia:

orinita vengo:

voy a mi arbolito:

úrgeme botar las aguas:

corro a echar una firmita y vuelvo:

me lanzo a cortar una florecita:

voy a saludar a mi mejor amigo.

Chisgueteros algunos, chorro espumoso de caballo los pocos, goteadores los más, rociadores encharcadores de mingitorios y tazas de escusado ahí donde un jotín afanosito y coquetuelo les ofrece toallitas de papelucho para secarse las manos que por supuesto ni se mojan mucho menos se lavan, con bastantes risas y dicharacheos escandalizantes:

¿te fijaste, tú?:

¿en qué, tú?:

en un detalle harto curioso de los sexohabientes de marcha contraria:

¿cuál de todos… los detalles, digo?:

que ellos quieren parecer ellitas y ellas quieren parecen ellitos:

nadie está a gusto con lo que es ni con lo que tiene:

es que así somos:

¿somos?:

bueno, son, yo me refiero a la forma nada conforme con que nos comportamos los humanitos reyes indiscuestionables de la creación:

es posible, quizás, quién sabe:

como remedos de vida:

corrijo, suprimo, añado:

ai andamos siempre queriendo ser otros distintos de los que somos:

de otra familia, de otra ciudad, de otro país, de otro planeta:

tener otros riñones, otra estatura, otra nariz:

otra voluntad, otra conciencia, otros sentimientos:

conjeturas y deducciones a pierna suelta.

Por vilésima vez te lo exijo:

ya acéptate tal cual eres.

¿Te gustaría vivir con alguien así, alguien como tú?

Ya no es suficiente saber cómo me veo, ahora es útil y preciso saber cómo me ven ellos, y de seguro cada uno de ellos se cuestiona y se pregunta lo mismo con respecto a los demás.

¿Quién me eligió para venir a este valle de lagrimitas de azúcar?

¿Quién me escogió a mis papases y mamases, y este cuerpo, y esta manera de ser, y este universo que si parpadeo desprevenidamente se zafa de su eje y se cae?

Y también, como encajado con cuñadura en el adherente debate autoayudador, sin salivita siquiera, algún cursilismo alcoholizado y casi ganga de tan barato:

míralas, a las hembras:

31

aburridas como un sepulcro, las pobres:

desencajadas, descorazonadas, como si les hubiesen ador-
nado la cabezota con acusadoras, demoledoras orejas de burro:

busconas reprobadas:

conversantes o asilenciadas, arrebañadas o en franca soli-
tariedad con su alma, pensativosas tal vez, acaso melancoli-
zantes por las amplitudes del anchuroso mundo de allá afuera, la vida que dejan pendiente de un hilo o en rezago en sus
cuartos, en sus camas, en sus cocinas, ensoñándose acaso con
un querer estar en la frontera de la domesticidad, de la nor-
malidad, en cualquier parte en lugar de en esta buhonera en la
que viven pudriéndose la existencia.

¿Y qué significa esto?

Significa: encarroñándose.

Significa escondiendo la purísima e inmaculadísima condición de su espíritu a causa y motivo de las falsas apariencias
propias de la naturaleza de su trabajo, el cual propicia que la
gentuza como nosotros las juzgosee indebidamente

(bang bang).

Punzadura con picahielo justito en el centro de la conmiseración:

ay, pobrecitas terneritas desternuradas:

dejadas a su suerte en su dejadez.

Ésa, pon tú.

¿Cuál?

Esa redondita de sonrisa inexpresiva, misteriosa, la questá
como infelizmente agregada a la pared, observando a la concurrencia mortecinamente, como enturbiada, como descoagula-
da, igual que melancólica mancha de humedad que no se habi-
ta, no se sacia, no se decanta con ningún dulceísmo ni con nada:

o esotra que puedes suponer tiene el aliento dañado por alguna enfermedad o trae la dentadura podrida y por eso no des-
pega ni un poquito así los apretados labios, para no provocarles

32

pesadumbre o pesadeces en el ánimo ni arrugarles ni fruncir-
les ni ahuyentarles las fornicatorias intenciones a los clientes:

o aquella petacona y barriguda de más allá que festonea
cual sábana sucia las huellas de una amargura absoluta, una
desolación primigenia, tremenda, lastimosa, la memoria irremediable de un pasado cruel y nebuloso plagado de rumo-
reos hostiles, acusatorios, obstinamentados por toda la santísima eternidad:

o la güera solitaria, inadecuada, como desperdicio de otro
basurero, esa gringa desabrida con evidentes señales de veje-
toriedad que se la pasa estirando el pescuezo en busca de di-
visar el guiñito fosforescente de un milagro, o sea, de un pa-
rroquiano borracho que la salve por esta noche del abracada-
brismo del infierno:

y sanseacabó el catálogo:

¿por qué?:

porque:

ay, dolor, ya me volviste a dar donde duele, donde cala más
hondo

(crash crac crash):

en este mi corazón amante infortunado de las causas perdidas:

tan buenecito él.

O tan ladino, depende, tan jactancioso.

Ejemplo a la vista:

el Oruga tercómano en escoger invariablemente a las damitas más feambres de la pasarela que dizque por menos so-
licitadas:

se desparpajan y se comportan más buenas personas contigo porque como que sienten que les estás obsequiando el
grandísimo favor de tomarlas en cuenta, incluso como que se
sienten importantes, y míralas:

hasta adoptan poses revisteriles de ser álguienes.

Eso dice.

¿Será, tú?

Y el Bernabé en cambio a las más oropeles y carnosas, el muy deslumbrador, el muy rete antropófago,

y el Tito nada engreído ni avaricioso agarroseando parejo, la que se distraiga y caiga es buena:

cualquier hoyo es trinchera,

si tiene pelos aunque sea una escoba,

al fin que nada más la quiero para lo que la quiero,

y entre vas de broma y vas en serio embromando de veras, como cuchillito de palo (techo de menos):

—Esto lo va a saber mi hermana, Bernabé.

Tito el Reventador y su retadora impertinencia.

—Oh, ya no jorobes, hombre.

Bernabé, ratón de un solo agujero.

Mientras tanto el Albino, bien pose ques este cuate, quedándose en la mesa a rumiar los desatinos de su destino, ya se sabe que anda apenumbrado de amores, pero con flagelarse no se va a desencajar de encima las desdichaduras, de manera que más vale ignorarlo, tirarlo de a orate porque si no capaz que les apesta la noctivagación al resto del cuarteto con sus desflemaciones y lloriqueaderos.

Pero la sorpresota alentadora fue que en una de las tantas que se estableció en las espesuras de su pésima sangre se le arrimoseó refulgentemente una hembrísima erguida y opulenta dotada de una muy ponderable y lujuriosa salud animal:

la Cuadrafónica:

amuchachada cuarentosona de cabellos ultrajados por tinturas y permanentes y denominada con tan ilustrativo apodo en virtuosidad de sus harto exageradas aunque nada castas ni despreciables ampulosidades:

despaciosa, taimada, vieja loba de amar, le chorreó una caricia suavecita por el hombro: hola.

34

—¿Por qué tan triste, papacito?
—Nomás.
—¿Me puedo sentar contigo?
—Ora, siéntate.
—¿Qué estás tomando?
—Ron con coca.
¿Le invitaba una cubita?
Claro que sí.
Así que pidieron vaso limpio al servicialero mesero que rondaba prendiendo y apagando su lamparita sorda sobre las mesas malenmanteladas:
¿se les ofrece algo?:
recogiendo envases vacíos, ceniceros, llevando y trayendo botellas, limpiando chorreadurías:
servidos:
sírvanse.
Bebieron a la par, pero no brindaron:
¿o sí brindaron?:
al menos no se distinguió despegamiento de labios:
ni musitación siquiera.
Los otros tres, entretanto, tanda y tanda tanteaban y tentaculaban payaseando y actuando que bailaban aunque en realidad comían ansias practicando un fierísimo adiestramiento abdominal que quién los viera, tan tempestivos y tan mangoneadores, desbocados acoplándose a la pericia caderenciosa de las chulipandas desprovistas de melindrosidades:
—Ese Bernabé, más respeto para mi hermana.
Casi todos supusieron quera pisotoncito de callos gracioso, sólo que Bernabé mudó de expresión calma a gesto chimpancero y raudamente le retrucó con bramido frenético y bélico acento:
—¿Sabes qué? Tu hermana y tú me valen madres
(chin).

35

¿Se sacudió la mosca o se encorajinó?
Todos lo fisgaron con precauciones:
estaba rarísimamente desconocido.
¿Era guasa o desenfundó tono de advertencia?
El Oruga ni en cuenta, bien clavado en lo suyo, metidísimo raspando ombligo con una flaquitita que parecía pajarito maicero y, dicho sea en voz baja y al oído de la concurrencia, bastante más fealdosidad que el común denominador en este insincero damerío, pero asimismo mucho más lángara para restregarse que ninguna otra:
para que vean:
plana de adelante y de atrás al grado de ignorarse si va o viene, pero:
la chimenea de la fea…
Ah, es que las flacas son para derramar la baba mielera por ellas:
cómo les truenan los güesitos cuando sienten el rigor:
mientras más esqueléticas más tamaño de verdura les cabe:
ahí sí que toca uno fondo hasta el mero fondo
(cronch cronch).
Bernabé, fastidiado por las dale y dale que dale puyas de Tito, mejor optó por ir a sentarse y empujarse otro largo trago, la imagen de Conchita amplificándose en los territorios de su melancolía, imprevistamente, inapropiadamente, insolentemente para este sitio, en vista de lo cual, como quien se quiere sacudir al mosquito:
ya basta, fuera de aquí,
se la manoteosó del cerebro, espantándosela con un esfuerzamiento casi físico, y, para auxiliarse en su rabiosísimo propósito, depositó con amargosa fiereza la vista en esa desproporción casi al aire libre queran las soberbias ubres de vaca nodriza de la Cuadrafónica:
la miró con desdén; no, más bien con repulsión (como si

él fuese de sangrita azul real), aunque no dejó de admirosear aquel par de bultazos fenomenales que se desacataban del escote,

mientras la ubérrima dueña le confesionaba al Albino con lujosidad detallesca pelambreras y señalamientos, pormayores y pormenores, como si él tuviese veladora en el dudoso entierro, como si le pudiera importar cómo la estupraron de amalditada manera:

a los trece anos, figúrate, una criaturita:

unos dizque amigos de sus primos aconchabados por sus propios primos, los muy gandallas jijos de su hediondísima madre, y cómo su papá colocó radicalmente el grito en la azotea del cielo y la corrió de la casa como si della fuese la culposidad, y cómo deambuló

de desgracia en desgracia,

de lodazal en empuercadero,

y todo lo demás.

Pero el Bernabé, con unos brincoteos ideático-mentales que casi le horadaban la testa, nadita que se apaciguaba, por el contrario (para enloquecerse como se debe) volvía a la carga cariñosamentera:

mi chatita devota,

mi chiquita casta,

mi noviecita pura, mi santita,

mi refugio cálido, simple, seguro,

Conchita:

inmaculado copo amoroso,

himen enterito, vientre sin tacha, inmancillado, intacto, no tocado, lo que la autentifica y la legitima,

Conchita:

su boquita risueña y sus pupilitas enflorecidas de gozo,

sus senos gorditos como acabaditos de despertar,

mi Conchita:

37

la única mujer que quiero para mis ojos, para mi corazón, para mi casa,

tu juventud, tu luminosidad, tu belleza discreta,

tú, mi consagración, la cumbre de mi felicidad:

cuánto me debía el destino que contigo me pagó:

la amaba con un amor irrepetible, inmortal, eterno...

En aquel preciso momento feneció la tormenta de tropicalerías y retornaron a la mesa los ausentes que andaban:

El Oruga:

—Ay ojeras, esa despiadada se moviliza mejor que víbora en ayunas

(este cuate con cualquier flama sexcita).

Y Tito Ladilla, sorrajándole tremebundoso manotazo contra espalda y pulmón al desprevenido Bernabé:

—Es simple vacilón, cuñao, no te me descompongas ni compongas tamaña jeta de enterrador en funciones.

Asunto solventado sólo en la cáscara, porque el Berna se masticoseó las ganas de ponérselo parejo, de romperle el hocico para quitarle lo farolón, descontárselo de un reverendo madrazo.

Y ese Albino, que no fuera tan carente de decencia y civilidad, que presentara a la señorita

(las bocotas, querendonas, hambrisedientas de abastecer sus abstinencias en esas montañas prodigiosas, venerables:

la primigenia virtud amamantiva de sus pechos proclamándose, exhibiéndose nutriciamente:

invítame a tu lechería, mamacita, para terminar de criarme:

un siglo entero chupeteando, sorbiendo, glotoneando:

un siglo entero y luego otro, y otro más:

sin hartazgo, sin fin, goloso universal, eterno):

y la señorita Cuadrafónica, con mucho decoro ella, moduló:

—Buenas noches, qué tal:

y les prestó por turno riguroso una mano (házmela como tú sabes) un poquito hombruna y un muchito sudada y mal manicurada:

uñas irregulares, barnices descarapelados

(¿así tendrá también las de las patas?, quién quita y hasta con hongos:

fúchila, no seas espantapasiones):

y después, acto seguido, volvió a glamorosearse casi entera sobre la humanidad draculera del Albino, que desempeñaba el rol de crucificado en el calvario con una chocantería de actor terriblista en festivalito pueblesco.

¿Ya le habría narrado a la señorita la historieta con monitos recortables de sus desajustes sentimentaleros provocados conjuntamente por su fervorosa esposa y por Peggy?

Sí, de segurísimo que sí:

pues claro:

si es un recolector profesional de lástima,

un cancito rastreador de compasiones,

un padecedor de escaparate,

un maniquí feliz porque le tocó el trajecito de sufrir.

(Bien harías en desdivinizarlas, mi buen,

y de pasadita desvictimizarte, emigrar ya de la cruz, desapegarte de sus clavos, liberarte de tu diadema de púas.

Mira:

hazte de una vez a la idea de que tus ansias de posesividad son tu purgatorio, de que nada en esta vida te pertenece, nunca:

tratas en vano de retener algo que se te escurre entre los dedos como clara de huevo, como chorro de miel:

preferible que sientas el alivio de soltar, la alegría de ser libre:

no pierdes nada, en fin de cuentas:

¿cómo vas a perder algo que no es tuyo?:
puedes perder las muelas, el cabello, la condición física, el
sentido del humor, que son tuyos aunque no te pertenecen:
pero no puedes perder a una mujer, a un padre, a un amigo:
todos aquellos a quienes ocasionalmente —ilusoriamen-
te— sueles considerar de tu propiedad.
Ah, qué inútil pérdida de tiempo es andar perdiendo lo
que te resulta imposible perder, aun el tiempo.)
Bueno, allá él.
Y acá ellos
(el chile es para todas, pero no a todas les pica igual):
glugluteando, fumarolando, hociconeando,
justificando sus inclementes evoluciones eréctiles:
es questas condenadas lo contaminan y embriagan a uno
con sus perfúmenes agarrosos,
    ¿a poco no?,
y empiezan a jalonearte la soga del deseo nomás con el
simple repegamiento de sus carnosidades:
muy zalameras y sabicachondas,
apasionaduramente cautivadoras…
Momento, momentito, antes de seguir, puntualicemos:
abundancia pero también inelegancia,
grasosidades ofensivas,
olores de baratija,
tufos de sobacos…
Como quien dice, salvo su mejor opinión:
ya pasadísimas de moda,
ya muy anchurrientas,
ya muy venidas a franco menoscabo de tanto y tanto que
han sido utilizadas,
y socavadas,
y desperdiciadas homicidamente por el verdadero amor.
¡Pácatelas!

¡Ora sí!

¡Por el verdadero amor!

Sonrisillas de mandíbula indulgente ante la zoncera fantasista de la dislocada argumentación.

¿Algo más?

—Digamos que el valor supremo de la mujer está en sus tetas, sí.

—No, en sus piernas.

¿Quién quiere agregar a la discusión su porcioncita de masa corporal preferida?:

¿quién da más?:

¿quién atreve un paso más allá?: al más allá de tu regazo:

imagínate, figuroséate, visualízate justitamente ahí a mitad de camino entre las dos apetecidas virtudes puestas a debate:

esa breve superficie acolchonadita conocida en términos marinos como almeja, en asuntos abarroteros como rajita de canela y bíblicamente como duraznito piel de paraíso.

¿Piernas o tetas?

¿Piernaeístas o tetaeístas?

O nalgólogos, o vaginólogos, o himenólogos:

necedarios monigotescos, más bien, los mozalbetes averiguantes.

Que un volado merenguero —águila real o sol de playa en vacaciones— resuelva la subeibajera controversia:

pero el tema perdió interés porque en realidad no tenía ninguno.

Y la Cuadrafónica, bebiendo parejamente con el Albino, entrando cada vez en mayor amiganza con él, se melancolizaba en voz alta de los tratamientos brutales a la par que bastantemente aternurados de un su hombre, su cabalgador de planta, su macho cabriolero que no se le anda tonteando por las ramas sino que sabe hundírsele hasta las raíces, desvencijarla, dragarla hasta topetearle el tope, ahondarla hasta su meritito cimiento, clavetearla como con estaca:

me vuelves loca, mi rey:

se humedecía los labios, ponderaba sus dientes, enseñaba persuasivamente la punta gruesa de la lengua:

para lamerte mejor:

mi señor, mi dueño.

Y los tres aquilatadores, armamentándose de carácter y de voluntad, de sueños valerosos.

—¿A poco tú no te matrimoniabas con una piruja?

—¿Pues qué me ves cara de qué? ¿Para que me acomode la cornamenta a cada rato? Ni tarugo que fuera.

—Dicen que resultan las más fieles.

—Sí es cierto, porque ya han probado de todo.

—Y cuando se determinan por uno ya nomás no se enmuslan con otro por nada del mundo.

—Entonces cásate tú.

—Pues yo con aquella de la nalguita echada pacá sí me casaba.

—Órale, y yo te la tumbaba.

—Y yo me tumbo a tu madre.

¡Alto!

Más respeto, hiperbóreos canallas:

un fogonazo de energumenamiento en las pupilas acompañó la bien justificada enojaduría de las palabras:

no hay que mezcolanzar a las madrecitas en estos pinchurrientos menesteres, y en esta ocasión menos que nunca:

víspera sacrosanta de su sacrosanto día conmemorativo y festejativo de todas ellas.

No, si sólo era un decir.

Jamásmente les acometió la intención de ofender.

Que pase, pero que no se vuelva a repetir.

—Y es que, ¿sabes?:

destilaba diestramente la Cuadrafónica, transportando su voz ronca y su aliento enamorecedor desde las mejillas hasta las orejas de Albino:

»Todas las partes de mi cuerpo me sirven para quererlo, y para complacerlo, y para sentirme suya, completamente suya, conociendo que soy la única que le cumplimenta entera su satisfacción, y él hace lo mismito conmigo, me posesiona de una manera tal que nadie más, que ningún otro, y a lo mejor tú dirás que eso no está bien, pero me gusta que me lastime y me perjudique en mis carnes y en mis interiores con sus manos y sus dientes, y que me abra toda y me profundice con lo que él quiera y por donde a él se le antoje o se le ideatice el gusto, y en igual modo que me usa yo lo uso a él, y como me trabaja así también lo trabajo, y quién quita y tú pensarás que talmente nos comportamos como animales, y pues mira que puede que sí, que pienses lo correcto, porque él a veces me monta con hartísima rabia, y mientras me acomete pujando con todas sus fuerzas me recrimina que soy como una perra y me echa en cara todas las suciedades que se sabe, y ¿sabes?, yo me digo que lo que él me rezonga es una certeza, porque yo nací para darles placer a los hombres, para sobornarles todo su placer que traigan dentro, sólo que hay hombres que no les cuadran las mujeres tan dispuestas a todo, ¿no es cierto?, yo los he sentido a muchos cómo se acobardan, cómo me sacan la vuelta nomás con que les platique esta mi forma esclarecida y ejecutora que tengo de ser como soy, y es que no son tan hombres, la verdad, son pedacería, retacitos de hombre, eso son:

se fabricó una pausa calculadora, arrumacosa, manipuladora, y en acabándola arremetió en más o menos estos términos:

»¿A ti te provoco temor, mi cielito lindo? ¿Te espanta trajinarte con una mujer que sepa hacerte todo lo que tú quieras que te haga? ¿Eh? Dímelo con sinceridad, ¿te espanta?

43

Púchale, pobre prostibruta.

(«¿Qué fregados estoy haciendo aquí?: pensó entristecidamente Albino, y luego, enrabecidamente: ¿Se pensará esta idiota que me estoy chupando el dedo gordo? Su cuento estará bien para los primerizos, pero yo ya pasé por la novatada hace tiempo. Yo amo a Peggy y a mi esposa. A las dos, a cualquiera de las dos. ¿A cuál de las dos amo más?»

Otra vez el hocico de la burra al trigo, no oíste nada de lo que te dije, carajo:

caso perdido por descalificación.)

—Uy, estos calenturientos ya están agarrando el desfiguro en serio.

—En todas partes se cuecen habichuelas y romansucos.

—Es de rigor y primera necesidad llevar a cabo primaveramente el ejercicio de fornicación o acto reproductivo.

—Ora, mejor vámonos de nuevo al abordaje.

—Con su compermisito.

—Sí, pásenle.

—Pues no, tanto como espantarme, no.

—Entonces, ¿por qué no nos salimos juntos? Nos vamos toda la noche, para que nos alcance el tiempo, para que nos gocemos hasta el mero tuétano.

(«Ya parece: rumió el Albino para sus adentros: ¿Tú de qué diablos me sirves, de qué me sirve estar aquí, pudriéndome con tus historias cuando no tengo ninguna necesidad, cuando tengo una esposa y una Peggy que perdí, que tenía, porque las dejé que se me escurrieran de las manos como dos chorritos de agua, a las dos, y como que el mundo se me achicó, se me volvió angosto sin ella, sin ninguna de ellas, como un callejón sin salida, una paredsota alta y sorda contra la que reboto y reboto, una vez y otra, duro y duro con la cabeza, con esta mi zonza cabeza, para que aprendas, para que se te quite lo tarado, castígate, destrúyete, hazte añicos, síguele el juego

44

a esta pobrecita imbécil que qué culpa tiene, ella trata de ejecutar lo suyo, a como sabe, de a como Dios le enseñó a entender, tan ingenua, después de todo, ha de haber sido chula allá en sus tiempos, mejor le digo que no de una vez, que se vaya a hacer su lucha con otro, no le faltará quién; sí, que se largue de una buena vez.»)

Y la condenada de la Cuadrafónica, analogándose a la protagonista cancionera de *La gloria eres tú*, con un aternuramiento más adulterado que los bebestibles marca quinto infierno que se expenden en esta madriguera:

»¿Quieres, papacito?

Albino dubitó con ese su gesto de quien padece meningitis crónica, le indagó bien sus carnes estruendosas, instalándose de nueva cuenta, con patentes trabajos, en la realidad, en la obscena ruidosidad, mejor dicho. Y después inquirió, como por no dejar, como por no pasar de largo:

—¿Cuánto sale la cosa?

—¿¡Eh!?

Mírala nomás:

cómo le brillosearon las pupilentejitas:

la muy avorazada, la muy abalanzándose para agarrar barco,

pero, no obstante y sin embargo, aparentándose la modesta y la desinteresada, realizó las contabilidades del gran capital:

mírala usando hasta los dedos para sumar:

es tanto de la ficha de salida, tanto del hotel, más tanto para ella, en resumidas cuentas:

un ojo de la cara:

o el mero ojo del pito,

para decirlo en forma más acorde con la situación.

»Precio especial para ti, papacito, porque la verdad es que me caíste re bien, y me gustas rete harto, y se me figura que me vas a dar mucho placer, te sientes pero si bien sabroso.

—¿Es chunga o qué?

45

—Cómo crees, mi chulo.

Los dos coincidieron en afectar, o más exactamente en patrañar, un robusto resuello:

ella ejecutó un rictus con los labios según ella sensuales y se dejó plantificar un besote y él aprovechó para introducirle una mano pesquisadora por debajo de las faldas y apretujonearle los muslos y la otra manota por entre la blusa y traquetearle los desaforados pechos ya de por sí extremadamente traqueteados.

—Bueno, lo malo está en que no traigo lana; no me lo vas a creer, pero ando bien fregado de feria: compungió Albino cuando se destrabaron, no a manera de ofrecer disculpa sino como insinuación de despedida:

ni para el hotel siquiera.

La tetona no se amoscó, conocía de sobra la sobada cantaleta:

tantísimos añales de piruetearla de pirujosa.

—Pídele prestado a tus cuates.

—Újule, están igual de pránganas.

—No seas así, güerito, a poco me vas a dejar así: se entercó la muy comedianta, sobreactuando en melodrama sexual y esculcándole con inobjetable conocimiento de causa, lo que sea de cada quien, por los entreperneros rumbos, para encampanarlo o, más justamente, para amacizarle el enardecimiento, porque encarpado ya se hallaba, a punto de traspasar el pantalón o en el peor de los casos chorreárselo: No, cariñito, a poco te me vas a quedar así como estás, ay, tan rico, tan grandote, no seas malo, papacito lindo, a poco me vas a dejar toda ganosa de que me penetres, de que me la encajes por todos mis lados.

Ante la hurgadera de enredadera, Albino comenzó a experimentar las ñáñaras convulsivas de la muerte chiquita, después de todo no está uno hecho de concreto y varilla inoxidable, qué caray, de modo que prefirió desvincularse de tajo certero (con machete de macho superlativo o con hacha verduguera), cortar la tripa insana por lo saludable, aserrarse del asedio, del abrumadero.

—Ya te dije que no traigo billetes, mi reina, mejor vete a buscar por otro lado. Gracias, de todas maneras.

Y se desentendió del asunto con aquella naturalidad, con aquella indiferencia rufianesca de:

mira, chatita, hace tiempo que dejé de roer ese hueso, así que a otro santo con esa oración.

Sólo que la Cuadrafónica, a mí nadie me hace menos qué te crees, se injertó en tigresa y se puso agraviosa y riñonuda y hasta pretendió cachetonearlo, la barbajana peloenpechuda, ganosa de zamparse vivo al miserable renegado no sin antes haberlo despellejado centímetro a centímetro, y tuvieron que entrar al quite los restantes tres ases de la baraja junto y pegado con el salvamentero mesero para persuadirla de que no fuera pendejentuela ni blasfematoria ni tan rabietera porque se iba a desarreglar del hígado y se le iba a manchar de paño la cara, y que lo más prudente para todos era que desalojara el predio:

mudanza de animosidad a la que accedió, de muy pésima gana, mediante una módica indemnización.

Tan pronto como inmediatamente que la atrofiada reyertera brilló cual luna de octubre por su ausencia:

—Siempre pasa lo mismo con esta perdida, idéntico: empezó a quejochismosear el argüendero mesero: Es una verdadera calamidad, si por mis pistolas fuera, por ésta (cruz crucecita de Jesús) que ya la hubiera puesto de pelotitas en la calle desde qué tiempos, me cae:

igualita que la tortilla de hasta arriba:

nadie la quiere:

con mujeres de cabeza hueca ni al baño, mis galanazos, porque hasta el jabón y el estropajo se pierdedizan:

47

a esta jactanciosa no la rociaron ni con un puñito de categoría:

está visto y dicho y comprobado que la clase no se adquiere, se mama:

refrán dirigido con todo respeto a la Cuadrafónica:

mamable mamona, ¿verdá?

Verdat.

Olvidémosla ya.

Pausa de pausómetro.

Si los jóvenes querían, agregó el alcahuetero mesero, él podía recomendarles unas amiguitas suyas que eran unos auténticos primores, modelos de exportación ni más ni menos, unos estuchitos de monerías.

(No anticipemos conclusiones ni vísperas, no masquemos ansias ni intentemos calmarlas mordisqueándonos las uñas:

labor poco higiénica, dicho sea de paso, más bien microbiera,

y tan desagradables desde cualquier punto de vista sus consecuencias:

dedos achatados, canibalísticamente roídos.)

¿No querían?

Bueno, pero si lo repensaban más veces y se decidían, nomás le avisaban, ¿eh?, con toda confianza.

—Ya saben que estoy para lo que gusten y ordenen, su palabra es ley. ¿Les traigo otra botellita?

Se consultaron:

si se iban a quedar a ver la variedad, sí.

¿A qué hora era?

A las once treinta.

Y vean, muchachos, no es porque él fuera de la casa, piropeó el convenenciero mesero, pero:

»Nuestro espectáculo está súper, es de lo más a todo dar que hay.

Si él fuera ustedes, no se lo perdería por nada del mundo.

—¿Nos quedamos?

Pues se quedaban, qué carámbanos:

vengan a nos las ostras y hasta no verte el fondo Jesusito mío:

ya que Dios nos puso en este camino, acatemos lo que Dios prefiera:

los muy diospsómanos, idéntico que si se nombraran miembros consentidos de la corte celestial:

Dios los echa al mundo y ellos solitos se arraciman.

Sólo que la tan cacareada variedad resultó ser una menormente bagatela:

una tras otra brincaron a la pista tres maduras vedetes torpezonas, fastidiadas y ataviadas con infames de tan minúsculos parches satinados ahí sobre el triángulo que te platiqué, y con unas estrelluelas brillantes sobre las puntas achatadas de unos senos tan bocabajeados, los pobres, que tenían que caminar con cuidado para no pisárselos, según una malora ocurrencia del tal Tito:

zamarrearon algunos ramplones y chapuceros caderazos:

ora hacia delante ora hacia atrás ora hacia los lados:

en el centro de un aulliderío sensacional, y cedieron el sitio de honorabilidad a un galán de setentiún añejos que obró el milagro de apaciguar a la jauría musitando aterciopeladas endechas en las que su musaraña era una jodoncita de lo más micifusa pese a lo cual el apasionadérrimo y gentilísimo amante le perdonaba beatíficamente todas sus sinvergüenzadas, la comparaba generosamente con el recuerdo inescapable de la virginal autora de sus días y, aunque maldiciéndose por ello, la idolatraba como a santita de altar.

Íntegro y sentimentalizado en lo más profundidad de sus nobilísimas entrañas, el publiquito arrabalero exigenciaba:

otra, otra, otra:

pero el inmarchitable *crooner* no accedió a complacer los bravos reclamos del respetable y un maestro de ceremonias disfrazado de capitán de meseros se enfrentó al micrófono y graznó:

no, mejor dicho:

cloqueó:

—Gaciasss, público gentil, graciasss a todosss ustedesss:

en medio de los acordes desgarbados de la desganaducha orquestona y de una rechifladura fanáticamente beligerante y biliosa.

¡Pa beligerantes y biliosos mis inches güevos!

No obstante, se apagaron de a dos en dos los reflectores y hasta ahí alcanzó la rima del verso.

¿Y para presenciar tan anémico espectáculo se habían esperanzado tanto?

Qué perdedumbre de oro, es decir, de tiempo, sinceramente, qué fracasosidad, qué decepcionadero.

Aunque veamos y puntualicemos las íes:

ya desde el sancionado incidente próximo pasado con la yegua rijosona como que se les fue frenando el fervor de la efervescencia, como que se les descabulizó la algarabía y ya ninguna embromación, ni tampoco ningún insultamiento, surtía los efectos ansiados, y la raquítica sonrisilla se les endurecía en los labios de la cara como la huella de una derrota, y los apurados alcoholes les pergeñaban las ideítas y se las cuatrapeaban y desbalagaban, y de a poco cada quien se interiorizaba en lo propio y escaso caso hacía de los demases, por más que repugnaba cada cual por patentar su particular tristeza como la de mayor mérito, por maximizar sus penas y atraer sobre sí esa conmiseración general que subiría sus bonos como espuma de cerveza y que le valdría ser reconocido como campeón del sufrimiento desamparado y del silencioso martirologio y de la lagrimita chorreada a solas porque los hombres no deben llorar en sociedad, ¿verdá?

Verdat.

Achaparrados de ánimos como estaban por tanto y tan obstinado padecimiento incubado en los medios de las cubas, ni cuenta se dieron de cuando viraron rumbo y pasaron a la quisquillosidad bravuconera y de ahí derechito a los insultos bestiales, a la injuria agravante, la sangre convertida en potaje hirviente, en pólvora que prendió mecha sin decir lumbre va entre

TITO: ¡Ora sí te parto la madre! y

BERNABÉ: Me partes ¡madres!,

que se cuñadeaban de lo lindo pero que como todo el mundo sabía andaban enrencillados punzantes desde que a Bernabé se le ocurrió ennoviarse con Conchita sin importársele primero las advertencias y luego las multiplicadísimas amenazas de Tito que celoseaba e intentaba emperjuiciarles siempre su romance, y no por cariño o afán proteccionista hacia su hermanita, como podría suponerse con absoluta justeza, sino más bien por algo semejante a un rencorsete atosigantoso y dañosero que sólo él conocía cuándo y cómo se le conformó, aunque ya enfrascados en suposicionaduras, bien podríamos colegir que se trataba molieremente o shakespearemente de un juego de equivocaciones:

Tito Tundebueyes, amuinándose la existencia, irreflexionaba:

de seguro la muy lengualarga de su sister ya le chismoseó el secreto de la vez que le cayó en la maroma, y por eso el Bernabé desde un principio se creció tanto y ha de estar esperando la oportunidad de chantajosearlo, de ponerlo en ridiculimento, pero nada más que lo intente, el desgraciado:

y Bernabé el plebeyo creía:

de seguro el infeliz lo trae pegosteado entre ceja y ceja porque sospecha que ya se tironeó a Conchita, como si Conchita fuera de las casquiblandas que otorgan su virtud con ese facilismo, cómo se ve que no la conoce ni tantito, ella no es de las que abren las compuertas de su tesoruco como prueba de amor inflamurado y salen luego con su reproduccioncita humana:

—Párale, nolamueles, hombre: le reclamó el Oruga a Tito y se le apergolló para nulificarle los brazos y tratar de calmosearlo.

—Contrólate, mi Berna, no friegues: refereó el Albino interponiéndose entre los ambos contendientes a riesgo de parar con la jeta cualquiera de los obuses a punto de dispararse.

—Es que ahora sí ya de plano me reventó la paciencia este cabroncete: explicó airadamente Bernabé mientras Tito forcepsjeaba para zafarse del abrazote del oso con que a duras dificultades lo contenía el Oruga, y mientras por toda la madriguera comenzaban a hincharse los ímpetus y a rechinar el alebrestadero que a no dudarlo hubiera degenerado en madriza de nota roja a todo color de no haber mediado como armisticiantes cuatro raudos gladiadores cuya hiperdotada y elocuentera corpulencia sirvió para reacomodarles en el sitio correspondiente los nervios y la sensatez a los de pronto encalmados pugilisteros.

—Pues si estamos jugando, hombre.

—Claro, es puro vacile.

—Puro entusiasmo de cofrades.

¡Cómo creían!, pensarlo era tan absurdo que resultaba cómico, que iban a pelear en serio, ellos, que eran poquito menos que de la familia, ¿verdá?

Verdat.

Los resoplidos del furor se amansaron, rebajaron su temperatura, se volvieron respiro tranquilo, apacible, de sincerosa amistosidad:

¿lo ven?:

¿cuál bronca?:

52

blancas palomitas de la paz:

aquí no pasa nada.

Bueno, que órale, estaba bueno,

condescendieron trogloditamente, perdonavidamente, con gesticulamientos de algodón manchado, los aporreadores de oficio:

pero que ya se sentaran y se comportaran porque una sola escandalera más y ya iban a saber lo quera Dios en tierra ajena.

—Yaaa, si nomás nos estamos divirtiendo: se puso de respondón el Tito cuando los matacuaces se alejaron: ¿A poco está prohibido?

—Ya no le muevas: le dijo Bernabé: Mejor vamos diciendo salú.

Y saludcita dijeron más rápido que prontamente, situados el uno frente al otro, enfervorizados, y aluego, reconciliados de a deveritas, como conspiradora y zalamera mancuerna de colegialines aplicados, como dos niñotes compungidos y arrepentidos de haber hecho trampa a su mejor amigo, de su maldosidad y su pesada humorosidad de momentos antes, se atarearon en breve pero sustanciosa limadura de asperezas, y a los cinco minutos, segunditos más segundones menos, ya se hallaban purificados de todas las mutuamente derramadas injurias y cometidas afrentosidades y chacoteaban, canturreaban, gandalleaban con abastecedora franqueza y ocurrente camaradería y se desobligaban con carnal equidad de sus pedazos de culpamiento y vergüenzadura en lo acontecido y:

—Perdóname, Bernabé, perdóname, mi hermano, soy un animal, sí, un perfecto animal, una bestia que no se merece tu amistad, ésta tu amistad tan grandísima que tú me has brindado a lo derecho, a puro corazón abierto.

—No, no, de ninguna manera es así como tú lo pones, cuñao, yo soy el que no te merezco, yo soy el que no se merece ni tantito así tener un amigo tan a todísimas madres como tú.

53

—No lo digas ni de relajo, manito, me hiere que lo digas porque de sobra sabes que no es cierto.

—Pues bien cierto ques, y por eso lo digo y lo redigo y lo recontradigo, porque lo siento, porque me nace aquí, en lo mero gordo de la tripa del alma.

—Me cae de madre queres de lo que ya no hay, me cae.

Y reían, chicuelos haciéndose cosquillas.

Mírenlos, aunque sea de a disimulo, mírenlos:

con las caras entrechocadas, los ojitos abueyunados, los párpados semicaídos, las manos arremesándose los pelos grasosos de las nucas y las bocas empinadas y casi babeantes de tan dilatadas por el enterísimo esfuerzo de la sinceración:

¡qué bonita imagen!

—Cómo te quiero, manís, de veras, harto, rete harto, manito, para qué más que la mugrosa verdad.

—Pero ni con todo lo que presumes tanto como yo te quiero a ti, para que te des cuerda y para que no le andes.

Ahora realizan un corto distanciamiento, como de títeres jaloneados hacia atrás y resorteados otra vez de inmediato para delante, y blanditos como frijol remojado en bicarbonato:

—¿A poco de veras me quieres mucho?

—¿Y a poco no?

—¿Y como de aquí a dónde me quieres, a ver?

—Como de aquí a la estrella más lejana ida y vuelta ocho veces.

Haciéndose mimitos y arrumaquitos con una delicadeza lentísima morosísima que producía calambres mentales y espasmos de inquietud que se desparramaban a lo largo del espinazo

(pssst pssst).

—Oigan, oigan, ya se nos están volteando o qué.

Los ambos dos coludidos en el reconciliatorio cachorreo risotearon mandando las comisuras de los labios hasta las ore-

54

jas y pantomimaron ablandaditas imposturas pederástica-
mente provocadoras y, entre zalamerías y fanfarronadas:

—No se me ponga celoso, mi Oruga, que a usté también
lo quiero con todita mi canija almafuerte.

—Véngase paracá, mi Albino, no se me ponga rejego, usté
también es de los míos, de los que se rajan pero no se quiebran.

Y con más o menos parecida desenvoltura simple y espontánea, sin pudores ni disimulos, continuaron subyugándose
hasta poquito antes de que se prendieran como con varita má-
gica sobre la pista los espotes de colorines:

la camaranderia en óptimo y mañoseador apogeo y la bo-
rrachición igual que apasionado cordón umbilical unificán-
dolos con anudamiento ciego:

ah, pero no es así por mucho tiempo:

al chicuelín rato el animosamiento volvió a ponerse aspe-
rón y compacto cual costrocidad:

y es que ahora el vapuleo andaba ratoneando los adentros,
rascando como para sacar sangre, como diciendo nada de que
aquí no pasó nada, claro que sí pasó y hay que ponerle nombre

(¿y qué nombre le pondremos, matarile lirelón?):

de forma que no bastó para arrancarlos de su apesadum-
bración ni el gruesero de obscenidades jactanciosas que gri-
tonearon a los toscos y enmohecidos pimpollos que de nueva
cuenta amenizaron con sus fastidios e indiferencia la función:

y para colmo, los cuatro boleros intimosos que se despa-
chó el estropeado astro setentiunero sólo consiguieron supli-
ciar peor su asiniestrado descorazonamiento y de rebote, vaya
el santísimo Crucificado a investigar por qué, recordarles la
muy noble y leal misión que debían desempeñar esa noche,
así que mejor:

—Pedimos de una vez la cuenta, ¿no?

Sí: ya iba siendo hora de tocar la retirada.

—Oye tú, charolero, ven pacá.

55

Dinámico y facilidoso y amañaderado cual un cuervecín, aproximó el tesonero mesero su columna servicial:

—Díganme, jovenazos. ¿Otra botellita?

Nanay:

que les contabilizara el monto del endeudamiento.

»¿Y ora, por qué se van tan pronto, mis muchachones aguerridos? ¿Qué mala cara han visto?

Que se dejara de lamesueladas obsequiosidades y que se aprontara.

Se apremuró:

y ellos, como si les apachurraran la yugular con hoja de cúter, se alarmearon y alegosearon que aquello era un insolente, ruin atracamiento, que ni que hubieran consumido güískises y coñaqueses:

un bandolerismo en descampado, para ser enfáticamente exactos, pero

—Ya ni llorar es bueno:

Así que, aunque belicosamente, desembolsaron, y a manera de desquite apenas si condescendieron a gratificar una propimínima de a tiro miserable que les acarreó carretonadas de rabiosidades bocaflojeadas por el apajarracado mesero.

Bastantemente emburrecidos y faltísimos de coordinación en la mentalidad, se enfrentaron al lucerío neón de la noche y al esmog aventiscado que, remedando a un ciervo nerviosón, ondulaba en la calle, y en cuanto nomás les pegosteó el aigrecito frío sobre las caras le causó un infecto efecto kriptonita a su invulnerabilidad y se descompusieron, pero sobremanera el Oruga, que adquirió una coloratura verdosona burócrata, o verde marciano bebecito, para ser más precisos en el juicio, y comenzó a no poder ni mantenerse parado

(agárrame que me caigo).

—Ora sí que nos torcimos por el eje: oportunisteó Bernabé congratulándose en sus adentros porque con suerte el ma-

lestar del Oruga obligaba a poner su hasta aquí al emparran-
damiento que sí, muy sabroso y glorificado y todo, sólo que
no terminaba de latirle cabalmente allá en la cateada fibra de
las finanzas, y pensando en esto fue que agregó, en tono dizque lamentoso: Ya no vamos a poder seguirla.

—¿Quién dijo que no?: respingó el Tito.

—Eso, ¿por qué no?: asegundó el Albino.

—Pues porque el Oruga es el del carro: simplificó el Bernabé con alzamiento de hombros y además dirigido hacia el
atemblorinadito: Nomás.

—Qué te pasa, mi Bernabecín, qué te pasa: se empeder-
neció el Oruga desde sus trastornadas nebulosidades y su feo
hamacamiento de muñeco de plomo embrazado entre los aco-
medidos Tito y Albino: Yo estoy atodasmadresmentes; suéltenme, a ver; ¡suéltenme, les digo! ¡Que me suelten, carajo!,
para que vea.

No, pues no, qué se iba a sostener, si estaba hecho un tra-
peador, el pobre.

—¿Ya ves?: preguntó el Berna afirmándose en la razón y
vislumbrando otra vez el cometita de la esperanza: ¿Ya ven?

—Orita se le pasa, hombre: porfió Tito deseándolo más
que creyéndolo, con una especie de necesidad furiosa: Orita
lo componemos, me cae.

Lo retumbaron contra la portezuela del coche y Albino
le echó brutalmente la cabeza hacia atrás y diligentemente le
aplicó una docena de bofetaditas no en plan de lastimosearlo
ni de darse vuelo ante la indefensión de su cuate, sino nomásmente con la intención de restablecerlo, pero:

—No seas aprovechado: intervino Bernabé propinándo-
le rufianesco empellón a Albino, que se desequilibró, zaran-
deó y fue a caer sentadote sobre la salpicadera del autito, aflo-
jamiento que dio margen para quel Oruga se resbalara como
en pedazo de mantequilla y quedara aposentado en el suelo

con una suavidadcita que ni cuando su mamá lo ponía en la cuna de chiquito

(prexta pacá).

Tito se le contrapechó a Bernabé:

—No empieces con tus fregaderas, cuñao.

Y Albino se les entrepechó a los dos:

—Cálmenla, hombre, hay que resucitar a éste, que ya se nos dio la desmadrada.

Mentiras:

el Oruga, nada tontuelo, se estaba escarbeteando la cabecita del esófago con dos dedos para motivarse a vomitarse, y entre que lo lograba y no se daba unas arqueadas y unas cimbradas propias de perro estricninado

(flop flop).

Eso mero:

que se basqueara completito, que borboteara todito lo dañino:

más adentro esos dedos:

con ganosidad, hijo mío, con pasionadez:

hazte de cuenta que no es tu bocaza de buzón, piénsale más adrede ques una vaginita linda, hazte esa ilusionadura, afigúrate que ya sientes escurrírsete por entre los dedos, inundarte enterita la diestra el tan lubricoso y espesantemente empelusado fluido femenino:

—Oh, no sean mulas ni payasos: repeloneó el Oruga suspendiendo la operación y, reiniciándola: No me distraigan.

Pues ni que se estuviera masturboseando para precisar tanta concentración, el muy malagradecido:

no le hagan ningún caso, hay que apoyarlo y estimularlo sin embargo de que no quiera:

aunque la cara amensada se le pigmentara de manchas y enrojecimientos y de lagrimones, no le hacía:

aunque se quejoseara como llorona de bodrevil:

58

el chiste era que expulsara hasta el bofe
(puah puah):
échalo fuera ya, manito, pújale fuerte, tú puedes, Mexical-
paztli:

los tres apuntalándole obra y maniobra con sus gesticulaciones, rociándolo de porras igualitos que tres primerizos en
tales casos observan asustados e impotentes (esto de impotentes es un mero decir, que conste) los espeluznamientos es-
tertorosos de sus respectivas parturientas.

Se pusieron a fumar y pasaron lentisísimas una dos tres
eternidades y el Oruga puros intentos y nada de efectividad.

Hasta que, alabado sea el Santísimo:
guácala:
qué manera de cantarinar la guácara:
parecía agonizar desembuchando con vehemencia:
tripas, menudencias y todo:
puerco marrano cochino cerdo:
vómito color parduzco y grumos insolentes mezcla de chí-
charos y espárragos que mancillaron el verde esperanza del
autito:
no fuera a salpicar:
más conveniente y convenenciero distanciarse un trami-
to, estacionarse a buen recaudo, desparpajados en apariencia,
discretamente fisgones y remedando en facha y actitud
a los
timidosos o románticos aficionados a la astronomía que
buscosean en el cielito azul de mi tierra, atiborrado de co-
chambre, la brillosidad de una estrellita;
o a los
extraviadotes de tiempo que enfuman cigarro enamoris-
cado mientras aparecen en la esquina y entran en el escenario de su corazón, suavecitamente contoneantes y sonrisue-
ñas, las noviecitas santitas, puras y transparentes como algo-

dones de azúcar refinada que, a Dios gracias, aún lo endichan a uno en parques y ferias proletarias y con las cuales habrán de procrear, cópula mediante, esos muchos granitos de arena que servirán para el engrandecimiento de la patria;

o a los

envaguecidos contra su voluntad desocupados que cada semana se multiplican por millares y se arrejuntan en los zaguanes de la vida para rumiar madres contra la sociedad, contra el gobierno, contra ellos mismos porque bien les advirtieron que no depusieran los estudios y ellos de mero tercos no siguieron la carrera, o sí, y hasta la terminaron, pero lo mismo no encuentran ocupación porque no existe para tantos, y la muy poca y además insuficientemente pagada que hay es menester corrupcionarla porque bien se conoce que para todo se necesita dinero derribador de murallas o, en su defectuosa virtud, compadrazgos o parentelas, palanquetas que le proporcionen a uno el empujoncito para merendarse el mundo en restorán de lujo con vista al cielo al que hemos de llegar;

o a los

ultramodernos centuriones que atuendados de civiles se ayuntan como ratas en época de peste y conversean de sus esposuelas y sus queridísimas, de sus chamacos de ambas casas, de sus lealtades al jefe, mientras aguardan el paso de la manifestación y la orden inviolable de ponerse a madrear gente…

¡Pa madrear gente mis inches güevos!

Bueno, para no proseguir con tanteos y rodeos:

hacerse patos porque si no muy capaz que a ellos también se les revolturaba el estomaguete y aquello se les podía convertir en chusmajoso vomitadero de certamen internacional.

¿Y qué ganaban con tal desacomodación?

Nada, ¿verdá?

Verdat.

—Creo que ya terminó de aliviarse.

60

—¿Aliviarse? Ni que hubiera parido.

—Pues casi.

—Alivianarse, entonces.

Y se le aproximaron como quienes se acercan a contemplar los revolcamientos espumeantes de un epiléptico:

cautelambrosos y majestuosamente imbuidos de honorable piadosidad, aunque prontísimos a pegar carrera de cien metros porque afirmosean por ahí que cuando les acomete el ataque se le van encima a la gente con intenciones de estrangulamiento, igualito que hacen los locos en sus ratos furiosos.

Qué cosas razona la ignorancia, ¿no?

Sí, qué cosas desrazona.

—¿Ya, manito?

Con qué profunda sinceridad sonó esta voz

(agh agh).

El Oruga zarandoneó su cabecita de porra asintiendo y se emposturó en cuatro patas, idéntico que un nenecito de teta para gatear, y ellos, los muy soportadores de la basca y la pestilencia, se aprestaron a auxiliarlo, lo levantaron con el mismo solícito aternuramiento con que se recoge el cadáver de un gato machucado y lo divorciaron de la ancha plastota como de placenta que con tan forzada esforzadura y enjundioso fervorosamiento había legado a la humanidad.

Y lo que es la constitución física, la juventud divinisíaco tesoro, la solvencia y poder de recuperación del hombre novísimo:

bastó una dinámica caminadita de aquí pallá, semejante a las que suministran a las recién desembarazadas en los sanatorios oficialescos porque es megaurgentísimo desalodejar el cuarto compartido cuanto antes, para quel Oruga asumiera su segundo aironazo y demostricara sus agalladuras, su harta corajería y se enderezara en actitud de Príncipe Valiente:

a ver dónde se hallaba el nacimentado de vientre de mujer que le remendara la plana.

No, ¿pues dónde?, ni que la hombradía se industriara en maceta.

—¡Muchísimo por el Oruga!: estruendoseó Tito respaldado en el vitoreamiento por Albino y Bernabé, aunque a este último no le salía ni así de espontánea ni noble la regocijación:

se sabía tan pignorado que envanamente le exigía a su voz vibrantear locuaz y alharaquienta, más bien lo alevoseaba sin querer, la muy achisguetada y flautera.

—¿Alguien trae unas pastillitas de menta?: pidió la voz del Oruga aminorando y dispersando la euforiasmada con su petición.

No, no, no:

el triunvirato incapaz de ofrecerle una mentada:

pero más valía:

harto renombrado es el comentario de que la menta es mala y traicionera cual mujer y cual la misma le merma a uno la fulgurante virilidad.

¡Pa virilidad la de mis inches güevos!

—¡Mangos, qué!, las mujeres, supremo encarnador complemento copulativo, no le disminuyen a uno nada, antes al contrario, demasiado necesarias y urgentes que son.

(Todo depende, compañebritos, todo depende.)

»Eso de la debilitación a causa de la mujeril rendija peluda es un triste pretex, una falacia ciertamente menor inventoreada por los narcideportistas.

—¿Ah, sí?

—Claro, mi buen, sólo los excesos conducen a la sabiduría, ya lo dijo un varón muy recto

(por ai te voy),

que, por el contrario, con la canela sí se te estimulan de a madres la parazón y el aguante.

—¿Igual que con la cebolla y los ostiones?

—Ándale, mách o menos.

—Lo malo es que no hay pastillas de canela.

—Sí hay, cómo no.

—Había, ya no las hacen.

—Ah, ¿ya no? ¿Y por qué?

—Sabe.

—A lo mejor por afrodisíacas, ¿no?

—Pueque.

—Pero si yo el otro día compré unas.

—Te digo que no.

—También dicen que hay una pomada que nomás te untas tantita y el pito se te pone como si tuviera hueso.

¿Iban a continuar dispendiando el tiempo fugaz e irrevocable en pendejuradas o emprendían la marcha?:

ya ni la fregaban, parecían muchachines de la Ibero (plaf plaf):

aaahhh, jijos, eso sí ya calenturienta y pone a punto de hervor la sangre:

sin mandarse, ¿eh?, sin ofender la dignidad personal:

mil veces preferible que les mentosearan la madre antes que compararlos tan porqueríamente:

si se hallaban ejercitando el tortuguismo, arguyeron en su descargo, era con la profiláctica intencionadura de quel camarada Oruga culminara de convalecientarse pero, en tratándose de no aguantar más:

—¿Ya estás listo para lotra, Oruguita?

Aproximadamente descompungido, el interrogado desplanteó:

—Pérate, ya sé con qué me termino de componer.

Y arremetió contra la cajuelita guantera del autito con precisión de edecán militar, extrajo la botelluca de refacción y embuchó un trago bárbaro, chico, bárbaro de veldá, y garganteó un poquitico y en un de repente se lo empujó padentro como si se despachara un tempranero juguito de naranja dulce, con aquella facilosidad, el muy tabernícola: a ver quién era el pijo de su piñaterísima pijurria que sospechoseaba ahora de su rectitud y ecuanimidad, de su machedumbre a toda prueba.

Nadie, manís, nadie: propagó su coro de tres animadores.

»Porque ustedes reconocen que yo soy muy macho, ¿verdá? Verdat.

El recién sanadito jaloneaba bocados de viento como furibundo, pero asimismo como suplicandoso, y con los ojos otra vez abultadamente enlagrimados pese a quel basqueamiento ya era letra escarlata para la historia.

»Porque yo sí, ¿saben?, yo sí.

—Tú sí, mano, bien macho queres.

—Ni quien diga lo contrario.

—Y al que lo dude le parto la madre.

—Se la partimos, manito.

—Porque a mí ninguna mugre vieja me ve la cara, ¿me entienden?: picapleiteó mirándolos de uno en uno, desesperado y desafiador, ensalivando y sorbiéndose sus escozores, asilenciado de súbito, desamparado en sus iras, con una expresión imbécil repujada en la cara, las pupilas parpadeantosas y enturbiadas como dos ojos de agua contaminada desaguándose despacito/

—No, no es nada más contigo; lo hago con todos los que puedo.

—¿Muchos?

—Algunos; no siempre hay manera de aprovechar la oportunidad.

—¿Y siempre lo haces aquí mismo?

—Casi siempre; es más cómodo, ¿no crees?

—También más peligroso.

—¿Tienes miedo?

—Bueno, digamos entonces que es más emocionante.

—Yo mejor diría que más excitante, ¿no te parece?

El hombre se colocó una sonrisa comprensiva en la boca y paseó una mano por los cabellos coloreados con tintura, por la cara de labios espesos, siempre desafiantes, donde el sudor y la empecinada fatiga amorosa habían vuelto un desastre la pulcritud del maquillaje.

—¿Sabes?, a veces siento que hay algo en tu descaro, ¿cómo te diré?, algo como de pureza, de ingenuidad; me pareces una mujer muy noble en el fondo, y muy sola.

—Ay, por favor, no digas tonterías.

—Te digo lo que siento.

—Ándale, ¿y eso es todo lo que sientes por mí? Mira si serás malo; yo trato de provocar tu pasión y lo que consigo es tu lástima.

—Ahora la que dice tonterías eres tú.

—Es que no me gusta la lástima, sabes, y mucho menos la gente que se siente con derecho a sentir lástima por los demás.»

—Si me preocupo por ti es porque te quiero.

—Por favor, ¿llamas querer a esto?

—Bueno, sí. Dime una cosa, yo creo que las mujeres engañan generalmente por venganza, por desafío, por fastidio, ¿tú por qué lo haces?»

—Porque lo necesito, simplemente, porque el hombre que me tocó en suerte no me sirve.

—Pero es tu marido.

—Ya te salió lo macho y lo moralista. ¿Sabes una cosa? Todos los hombres con los que me acuesto me salen con lo mismo; tantito me quieren para meterme en la cama y luego de repente les entran los escrúpulos por mi marido.

—Bueno, es que, después de todo, es mi amigo.

—Todos los que se acuestan conmigo son sus amigos.

El tipo alargó el brazo para alcanzar el cenicero y apagar el cigarro; expulsó el humo despaciosamente; arrugó el entrecejo con amargura.

—¿Y por qué no lo dejas?

—¿Estás loco? Tú mismo lo acabas de decir, porque es mi marido.

Y echó a reír, ruidosa aunque no procaz, no burlona ni ominosamente; sacó su cuerpo desnudo de entre las sábanas y trepó en el hombre con competencia. Hugo permaneció ahí, estático, hecho una bola de odio, de vergüenza, de repudio, los ojos estropeados por la intimidad que espiaban, la mandíbula caída, la boca abierta como convidando a todas las moscas del mundo a metérsele hasta la garganta y hundírsele hasta el estómago y hasta los huesos y más adentro todavía/

—No chilles, Oruguita, dinos qué te pasa.

—Para eso somos tus cuates, ¿no?

—¡Cuates mis güevos!: majadereó el interpelado desagüitándose de sopetón:

se manoteó el rostro para desempucherarlo del llanto y los mocos, externó tres o cuatro vituperaciones de elevado calibre y puso en movimiento el cochecín con un arrancón rufianesquísimo:

él, que siempre era tan prudencial y discretoso, casi amujerado para conducir:

los demás tres se entremirosearon de pasadita y ni por aquí les cruzó insistirle para que se enconfianzara con ellos y les confidenciara sus apesadumbramientos.

(Ah, ciudadsota mía, conforme creces y te multiplicas te vas convirtiendo cada vez más en tristeza, en desesperanza:

ya no hay nada ni nadie que te pueda salvar, nadie siquiera que te pueda cuidar como se debe:

¿quién te cuidará de mí, de nosotros?:

¿quién te podrá poner a salvo?

Ah, ciudadsota, te tumbaron en el catre, te birlaron la inocencia y te dejaron suspirante suspicaz.

El águila en su nopal, de tan dolorida por lo que ve, sangra infinitamente.

Un gigantesco espacio negro ocupa el lugar de la conciencia.)

Despacharon una cuarta parte del camino en medio de un silencio mentecato, comatoso:

cada quien curioseando para afuera de los cristales y para los adentros de sí mismo:

hermeticados en sus argumentaciones interiores, inescrutables:

hasta que Tito, vaya Dios a saber en qué diablos conjurados estaría pensando, se desentumeció lo lenguaraz para despotricar una de sus tantas burradas, una idiotez mayúscula que sirvió no obstante para derretir la hieladura, el desmesurado letargo que los paralizaba, para reinventar anárquicamente las risoterías mamíferas y capturar en pro de la alborotosa cuarteta de simulacradores rodantes el grilloseo de la favorable animosidad:

así que las nueve cuadras que todavía los distanciaban de su primer destino las recorrieron con una rapidez criminal, yunioresca, hinchados de importamadrismo y de guapachosería juerguera:

bueno, no, todas las nueve completas no, tampoco, seamos puntuales, porque miren ustedes:

desde dos cuadras —poco más— antes de arribadear a la mundanalmente famosa plaza etiliticosa los comenzaron a obstruccionar abundantérrima, atrabiliariamente, las fatuadas infanterías mariacheras:

67

ya colgandoseándose cual monos trapecistas de las ventanillas,

ya trepándose de intempestivo sentón en las salpicaderas,

ya rebatingueándose a gritos machunos y caballazos la honra de comparecer en la serenata:

—Órale, órale, no rayen el coche.

—Pérense, hombre, pérense.

—Déjennos llegar siquiera.

—Siémbrate uno en el pavimento, a ver si así se abren.

Qué concierto de trajeaduras:

chaquetillas (hazme el recanijo favor), corbatines, sombreros, y sobre todo qué ansiedumbre y frenetismo de caras y brazos desaforados y hasta de instrumentos:

pregonándose, ruegoneando, exigiendo, terqueando:

inacabables, montonales y montonales dellos:

incordios, íncubos.

—En la madre, esto es peor que un ataque de los marines.

—Date la vuelta y vamos a estacionarnos.

—Sí, mejor vamos a pie, así buscamos con calma.

—Y de paso nos echamos un ponchecito rico.

Pero buzos caperuzos:

tenían que fijarse con retina de águila real a cuáles sinfónicos contrataban:

si no, se los ensartaban por el ojo del centro peor que los fabricantes de ropa a las costureras insindicalizadas.

—Y a las sindicalizadas también.

—Qué poca madre, ¿verdá?

Verdat.

—Las condenan a trabajar hasta dieciséis horas diarias y ni siquiera les pagan ni el salario mínimo.

—Y además les quitan a la mala un titipuchal de descuentos, y si protestan las corren.

—O les ordenan a sus policías privados que se las madreen.

68

—Pero la culpa es de los líderes sindicales, que son unos vendidos.

—Unos miserables chupamierdas.

—¿Y las dizque autoridades qué, no cuentan? Si bien amafiadas questán con los méndigos explotadores esos.

Bueno, ¿qué alegoseaban?:

en todititas partes era igual, ¿no?:

¿a poco alguien ignoranteaba que el tres veces hache miserable gobierno y la benefactoradora iniciativa privada eran del mismísimo corrupto equipo mañero, pero que jugaban con camisetas diferentes?:

los politicazos con todo lo que ladronean se tienen que injertar de empresarios, ¿o no?,

y los empresarios, como son quienes malabarean y mangonean triunfalmente el poderío económico, pues son los que ejercitan la cúpula del pontificado político:

¿eh?, qué tal:

la lógica es la lógica.

¡Pa lógica la de mis inches güevos!

»Sin embargo, aclaración al margen y por idéntico precio, ahí tiene usté que le ejecutan al cuento y se fintean y propinan coces entre ellos para taponearle el hoyo al chango descalabrado y que la gente se zampe la cucharada sin hacerle gestos,

aunque de todos modos los hace.

—Sí, pero a nivel de chisme, como nosotros, no a nivel de acción.

—Ya estarás, guerrillero de discotec, fundamentalista guadalupano,

observa nomás qué plaga de pecosas y boinas verdes están desembasurando de esos camionsotes de turismo.

—Los acarreados de lujo, mijo.

—Sale más barato en manada.

69

—Harto folclórica esta ambientaduría de Garibaldi, ni hablar, y la musicalería de los mariachis más pegajosteosa que la gripe asiática y que el sida juntos,

y para que enrabien a gusto y se les agriete el hígado a los detractadores de la demonocracia, fíjate,

los borrachines de cepa popularsona hermanastrados con los borrachales de la engreidiosada y asnita capa media, y ambas dos castas, socialísticamente no divinas, emprimistradas con los güiscólicos yanquis sonrientosos y ailoviudadores de todos nuestros wonderfulescos rancherismos curios.

—Quién los viera, ¿verdá?

Verdat.

—Resaca de Vietnam, de Afganistán, de Irán e Irak, kukuxclanes trasvetisteados de caperucita roja

(¿dijiste roja?:

no mezcles subversivosidades, mejor di caperucita verde:

no, verde tampoco, suena a fumarola anticonstitucional:

preferible caperucita incolora),

pero a quién se le antoja mencionar ahorita tales pecaminosidades,

ahorita son nuestros huéspedes y corresponde anfitrionearlos con todas las de la corruptible ley

(igualito que hacen ellos con nuestros migrantes ilegales, ¿no?:

no, pérate:

noleches gasolina al fuego:

ese es otro asunto que no viene al caso):

el asuntacho es que nos visitan y nos derraman sus hartos dolarucos, ¿no?, y se bocabiertean con nosotros, con nuestra muy bien renombrada culturosidad azteca y nuestra bonhomía para recepcionarlos turísticamente, y de refilón nos encharcan el hocicote de envidia porque ellos son mucho más dientones, más sanos y más altos, más dolarizados, más mejores, en una palabra, y sus mujeres más blancas que la nata y la leche condensada, y más hembras, más cachondas:

—Ah, quién pudiera encaramarse en esa güerísima descomunal, mírala nada más,

grandota y musculosa,

ha de ser tenista o golfista o canoísta o lanzadora de jabalina,

sus piernas de maciza personalidad abiertas en compás,

ésa sí es carne de primera,

yanquis no,

gringas sí

(fiu fiu),

para realizar un menash atroz.

—¿Te la imaginas en vestidito de rana?:

—Uuuy, carcachita de mi vida

(ajajá, apareció el peine:

tus apetencias inconfesables te pusieron los cachetes color jugo de tomate),

y dicen que son pero si bien degeneradas

y que coitonean con el primer gañán que se les para enfrente, y que los tarugos güeros ni maigod dicen.

—Qué sangre de atole, ¿verdá?

Verdat.

—Y que son rete güeyes para la ejercitación de las mañoserías carnales y por eso ellas, las muy insatisfactoreadas, codician los deliriums tremens y los juegos voraces de la extrema falosidad de los machines morenuscos como nos.

—Qué poco hombres, ¿no?:

—Yo conjeturaría más bien qué pocos hombres.

—¿Y por qué?

—Porque la bancarrota parejal les proviene de que precariamente se acoplan con ellas, de que prefieren invertir sus vitaminosidades y sus energías nucleares en andar machacando su guerrerismo por todos los recodos del planeta, o ventajoseándoles las negociaturas a los subdesarrollados, o endrogadictándose...

—Yaaa, que sea menos.

—Se me figura que tú ves rubios con tranchete hasta con el tercer ojo, les has de traer tirria por algo.

—No, me cae que no es enconamiento.

—¿Entonces de dónde te inventoreas esos cuentos?

—Es purita objetividad, mira, enumera a los drogadictosos, que les vale máuser todo y viven en la bahía de babia y ni trabajan como Dios manda ni nada, suma los industriadores y comercializantes, que oligárquicamente sólo piensamentan en cómo transnacionalizar más carretonadas de dinero y que para conseguirlo se dedicosean a mercenarizar, entronconizar y mitologizar milicias dictatorializantes, y luego agrega soldadines, espías, científicos, polizontes y demás faunosidad bélica, que son algo así como la servidumbre inhumana de los negociantes y que lo mejor que saben hacer es masacrar a todos los que no elucubren como ellos.

—Para mí quel que está elucubrando sandeces eres tú.

—Sandeces tu madre, bastante sabidoreado es el hecho de que drogos, trácalas y matarifes conforman el estilete de vida de cualquier imperio.

—Pues pueque sí, pero lo que no vas a negarme es que viven a todísima móder y que si no fuera por ellos nos hubieran apergollado las hordas comunistas.

—Bravíchimo, maicero, repiqueteas a la perfección la leccionadura colonizante, pero ¿sabes qué?, ni a cuál de los dos sistematoides encomendarte, porque los hunos y los ostros son la misma perra nomás que con distinta rabia.

—Será, pero si en mi arbitrio estuviera, yo me hacía estadounidense.

—Yo también, así de raudo.

72

—Y yo, para no quedarme de lastre ni ser menos que nadie. Cabrunos braguetistas, malinchisgueteros, lameculóntropos.

—Oye nomás eso, esa canción me partiturea la madre, me cae.

> Qué influencia tienen tus labios
> que cuando me besan tiemblo
> y hacen que me sienta esclavo
> y amo del universo…

—A mí las que sí me enervan y nerviosean y ereccionizan son las negras, dicen que son la calenturosidad andando, las condenadas, que se mueven con una enjundia que ni un diablo rociado con agua bendita.

—Igual a mí, qué letra tan poética, ¿no?

—Yo una vez me le encallé a una en Acapulco, pero era mulata, no negra.

—¿Y a qué te supo?

—Habría que turistear en gringolandia, digo yo, para que no le endilguen a uno falsarios relatamientos.

—Ya no tenía nada de rebote en las carnes, la pobrecita infeliz; le apretujoseaba sus muslosidades y plaf, se me engolfaban los dedos y ahí se me quedaban hundidos como cuando apachurras un ostión y se te rebosea por todos lados.

> Me encontraste en un negro camino
> como a un peregrino sin rumbo ni fe…

—Yo le saco, la neta, a mí me advirtieron que allá en Nueva York atrévete a asomar un pie fuera de la puerta después de las ocho nocturnas horas y ya estuvo que te dan tu mastuerzo y ni el consabido besito de consolación.

... y la luz de tus ojos divinos
cambiaron mis penas por dicha y placer...

—Oye nomás esa letra, deveras ques purita poesía nítida.

—Ya estaba deatiro muy destartalada y rascuachona la mulatonga, achatarrada, con todo y ser de modelo reciente.

—¿Ya se percataron de esos pupilentazos de sabrosa lujuriosidad con que mestá coquetoreando la güerísima aquella?, se me hace que quiere fornicarnosear con este su rey

(grrr grrr).

—Ya estarás, latinlóver.

—Pues órale, pleyboyéatela.

—Segurísimamente, aviéntate.

—Dale su fumigadita.

—Su medidita de aceite.

—Aquí tengo el tornillo para tu tuerca, mamacita.

—Mira cómo me tienes, duro como cuerno de rinoceronte.

(Esta parrandería resultoreaba ya demasiado insustancial: racionalizó Bernabé:

en la primera oportunidad se desertaría del conjunto; voy al mingitoriadero, les iba a comunicar, y se escabulliría derechito a practicar la meme y a soñar sin cargos de conciencia con los angeluchines:

él no iba a proseguir esqueletizando su biafranísimo presupuesto por purísima tarugosidad:

ya podían rebuznosear lo que se les hinchara la gana, se pasaba por el arco del triunfamiento las enmierdaduras contra su persona:

total, ya muchamente los había consecuentado, ¿no?)

—Yo lo que ya no aguanto son las mugres ganas de orinar: urgimentó Bernabé premeditoseando su graciosa huida, pero a los demás tres también se les antojadizó la espumeante emergencia y acudieron en irrefrenable y procaz tropelería a desaguar sus apremiaciones.

¿A dónde?:

correcto:

al Tenampa, ni más ni menos.

¡Olei! ¡Bravouu!

Sin embargo, oh triste y cruel desencantadura del cuento, el teporochero antro, antaño tan pedroinfanteado y jorgene-greteado y josealfredeteado, ay qué rechulo es lo bonito, que-rido de las mujeres y apreciado de los hombres, consuelo de los que sufren y adoración de la gente,

estaba la noche de hoy casi clerical, palidón e islote, pletó-rico de aburrición:

claro, con la remozada lo asepticaron, le bocajetearon ese atrabancado sabor a vida entre las copas que lo afamaba, y lo dejaron, cisnemente, cual perjuro monasterio meidinjólivu y espantosearon a los consuetuordinarios de corazón:

cuánta penosidad que así se anatomicen las glorias verná-culas, cuánto dolor, ¿verdá?

Verdat.

Otrora chúcaro Tenampa:

RIP.

Adiós adiós, lucero de mis noches…

Cruzaron la plaza y se dieron una asomadita en el Tlaque-paque, nomás por no pasar sin ver:

idéntico de tumefacto el ambientamiento:

en la planta baja, dos parejas de allende el rangerizado Río Bravo:

ellas, semejantes a dos ratoncitas exploradoras ataviandá-das con blusimerías y faldosidades oriundas de Oaxaca:

ellos, kodakeándolo todo con esa su mirosidad tan escru-pulgosa:

75

y en la covachita de arriba, la cursilería pintoresquísima de tres cuantitativas familias 100% y noblemente nacionales.

¡Pa noblemente nacionales mis inches güevos!

Ellos, entrepechoespaldeando copiosa tequilería y cervezura:

ellas, dulcisísimas y humildosamente bobaliconsonas, casi bonitilindas con sus ojinegrosidades aternuradas y sus sonrisas pacientosas, sobrellevadoras.

—¿Ya vieron?, aquí dejan entrar con todo y rufiancitos.

Engarrapatados contra papases y mamases, mamileaban o puchereaban media docena o más de criaturitas de embrazadura todavía.

—Ah, chirrión, ¿y eso?

—Sí, ¿y a qué se deberá?

Tres opinamientos al respecto:

(a) los progenitores no han de tener suegras para dejarlos;

(b) los traen para que se enseñen a machitos desde la teta;

(c) para que aprendan a festejar a sus jefecitas como ordeña la ley.

Pues será, pero así ni chiste tendría quedarse:

pululando señoras adecentadas y chilpayatines por ahí, ellos se sentirían plaga en el planeta de los nimios porque se iban a inhibir y no iban a poder desmadrosear ni contemporizar con trompabulario cuartelario y prostibulario.

¿Y quién habló de quedarse en tal cuadro de costumbres?

Nádienes:

de tal manera que ignorando de a feo las imploraciones y neceamientos de los servilletosos que se empendenciaban por serviciarlos, se sustrajeron del local.

¿Y el Santa Cecilia?

Ni para qué olisquearlo, sus precios son tan globalizadores y tan prohibitivos como las flores en Día de Madres o de Muertos:

lo que no es parejo pues es chipotudo:
recinto excluyente en virtud de la desigualdad monetaria:
clarito se echaba de mirar que allí lo verdoso del dinero
marcaba la categórica diferencia:
ah, pero eso sí:
arrebujándose en el vaho de sus alientos agrios de alcohol
y de cigarro:
ellos, solidarios, hermanados espiritualmente para defen-
der con los más sólidos argumentos (principios) etílicos la
dignidad nacional:
México lindo y querido, te queremos porque eres nuestro:
como México no hay dos:
México de mis amores:
faltaba más sobraba menos.
(Ahí se encontraba la cuestión, se recriminó Bernabé aflor-
depielando sus más reconditadas iracundias, que no tenía ni
cien miniligramos de voluntariosidad, que ni enchiripado ni
con dobleteado camisón de fuerza se cumplimentaba prome-
saciones ni propósitos y por eso jamás de los jamases iba a su-
perar el grado de perico perro husmeador de banquetas, lame-
dor de sueños a ras de suelo, uñador de carnosidades, labrador
de sus personalísimas cobarderías y estropeaduras y humi-
llacciones, ni sus cesantías frente a la vida, porque su medio-
cridadcita y su miedumbre no le permitían tan siquiera resca-
tarse desta ruin impostura, hurtarse deste fanfarronesco, cre-
tinoso, pusilanimizador fraternizamiento, no tenía siquiera
la mezquina rodajita de carácter, de hombriedad, qué escasez
de pundonorosidad, qué espíritu de subordiempinado, el muy
torcimentoso de raíz, derrengado de nacencia, jorobajodimen-
tado del alma, qué náuseas de llorar, de extirparse todo el po-
dridero de los adentros, vamos pésimo, nos extraviamos del
camino y andurriamos a ciegas en la fangosidad, «ay, pobre de
mí, ay, corazón, pobre de mí, cuánto sufre mi pecho que late

77

tan sólo por ti, mi Conchita», lo descuajeringó de golpe y porrazo artero su paloma querida, su paloma blancanieve, su cucurrucucú paloma, que no se involucra en desobediencias ni en altanerías ni en exigencias ni en retobos, ques prolija y blanditamente sosegada como afirman que debe ser la mujercita que uno elija para su mujer, bien chapeada a la antigua, bonita pero sin encantos fuera de serie, como estampita de camafeo para que ninguno te la rebata ni te la codicie, ay, cómo le dolía esa constante privación, aquel estar siempre vacante della, tan herméticamente cerrada, tan despiadadamente remilgada y casta, esta vida mejor que se acabe no es para mí, «cuanta mujer se te ponga enfrente, tú trata de tirártela», le había aconsejado el chato Tirado, un sujeto ya mayor que fue su primer jefe y quera un celoso sexual de primera; permanentemente traía embarazada a su esposa y con todo y eso invariablemente la andaba espionajeando y plagándola de infundios para humillarla y la amenazaba de muerte mínimo quién sabe cuántas veces al día, y cuando ella exclamó hasta aquí llegué y falleció en consecuencia de su séptimo parto él se aporreaba la cabezota contra las paredes y se maldecía y juraba por todos los santos que se iba a finiquitar por propia mano, y a los cinco meses ya se estaba matrimoniando de nuevo, no por él, sino por sus pobrecitos chamacos que necesitaban una madre que los atendiera, «y la que no se deje, con esa cásate, y te lo prevengo para que no te me vayas a engatusar con cualquier casquiligera, que son las engañadoras que más abundan», y la consejación se quedó fijada a cincel y martillo en el cerebro de Bernabé, y a lo mejor por eso se había ido entrañando cada vez más encuerpada, más encurioseada, más encaprichosadamente con Conchita, porque por más lucha grecorromana que le hacía, ella nomás no lo dejaba arribar a la sede de su misteriosidad, ahí merito pintaba su raya y justo ahí se hallaba la llagosidad echando pus, puspuseando, incapaz de germinar en costra, móndriga existencia tan dispareja, tan columpiadora, tan enmulecida de escozores y cogitaciones; empínate, vidita mía, que te voy a traspasar, te voy a anchurosear el agujero.)

—Órale, Berna, ya despégate la botella, no es mamila.

—Tragos de hombre, calandrias, no chupetincitos de niña.

Andaban vagabundeando por la encementoreada plazoleta cual cachorritos sin dueño, ora apapachangándose, ora desaglomerándose, ora quedándose engarruñados y pensamientosos, como buscando una apoyadura para pegar el salto sin garrocha al otro lado del mundo.

—Ya va siendo hora de atorarle a la contratación de los líricos, ¿no se les hace?: palabreó el Oruga sin convicción, ensimismareado.

—Se me hace que ya hasta se nos hizo tarde: se aprontó el Berna.

Y el Tito diligenció:

—A la carga mis valientes.

Y semejante a relámpago se lanzó a incrustarse en un grupo voluminosamente jubilosamentero y se plantó espontáneo nefasto a jilguerear a todo pulmonamiento, desgañitando bastante fellito mas con sobrentendida sentimentalidad:

el tenoruco oficial del conjunto, un chaparro antipatiquísimo con prieta jeta de purgación y nariz de cacahuate garapiñado, lo empezó a fustigosear con ojeamientos de traigo mi .45 con sus cuatro cargadores:

ah, pero nuestro heroíno, que para el caso de las bronqueaduras se pintarrajea solo, le respondió la retadera como respingándole qué te pasa, mi chaparrito, dime en dónde te pica y yo te rasco:

por lo quel ahijado del diablo del fornido falsete opcionó por fingirse occiso, orgullosito e indiferente:

se encogió como tlaconete rociado con sal.

—¿No que no, mi rey?: todavía lo brabuconeó Tito, y para que no se enronchara la gresca, sus tres cofrades lo desarrimaron del borchinche.

A continuación, el Oruga, por portar estampa de gente de respetuosidad, salió guapamente electoreado en democrática eleccionadura dedoísta, para encargarse del financiero negoceo.

—¿Entonces qué?: le parlamentoseó al notorio director de unos mariachistosos estrujadamente apretujados en negro que paraban nalga y retorcían cadera al son del mariachi joto quiere bailar el mariachi joto quiere cantar: ¿En cuánto más o menos nos sale llevar unos gallos?

El Gran Jefe Barrigaldi lo atencionó al idéntico modo de un licenciadronsete o un medicamentero rascatripas vislumbroseando la voraz rapiña:

de la solvencia de su bolsamenta depende su caso, señor mío:

así que le soltó una desproporcionadura, de seguro con el fin de columbrarle su pobrediablismo o su burguesidumbre (¡cataplum!).

Los cuatro neoincróspedos no se cayeron de espaldas porque ya no se habitúa, sin embargo anormalizaron tremebundas bocazas y enmudesombrecieron igual que si les hubiera carcomido la lengua el ratón Miguelito.

—¿¡Cuánto!?: se indignoseó Albino cual papá nuevito al enterarse del costeadero de los honorarios de la cesárea y de la maternidad, o cual ama de cacerola cuando la vilipendian con otro aumentamiento en el precio del pan o de la leche o de cualquier equivalente alimento de rigurosa primerísima necesidad.

Lo que habían oído, escueó el musicoso servidor público cretino portavoz de la divinizada mariachidumbre.

—No, pues está carísimo: regatoneó Tito mientras a Bernabé se le acordoneaba la frente en un rictus diarréico.

—Es lo que se cobra, joven: nimodoseó el mariachi como

expresionando la que quiera tul celeste que me lo alebreste y
prexte.

Estratosféricos, astronáuticos, impagables, los precios:

por las nubes grisáceas que encanallan mi camino, de plano:

maleanteadores, devaluastrosos, inflacionantes.

—No hay que ser: chantajeantó el Oruga: Háganos un
descuentito, ¿sí? ¿No ve ques para llevarles sus mañanitas a
nuestras jefas?

Estoconazo en el centro del corazonzuelo:

sentimentalizado, el negro zaino se apiadosó:

estiró en automático el elástico de su sonrisa más profesional y:

bueno, en ese caso, pero sólo por tratarse de tan generosa
acción, consentía en destajarle un cacho a la tarifa.

Ellos sacaron cuentas:

tanto + tanto = a tanto:

chin:

la costosidad seguía siendo más ventajosa quel mal amor:

aunque transformara en desgarradura al corazón, había
que convencerse:

nevermente les iba a alcanzar:

parecieron cuatro deudos sincerando su pésame:

—No, no le llegamos, maistro, gracias.

Y el maistro, desde la imponente sobrantía de sus grasas,
socarronea un

—No hay de qué, jóvenes:

que les achica los ánimos, se los empina y los aleja para
siempre del ensueño promisorio:

semejaron entonces cuatro forasteros de la esperanza:

aberrantes e imprecisos como objetos fuera de lugar

(esnif esnif):

perjudicados por el despechazo, agrieturados en su auto-
estima, avergonzados, humilloseados/

Bernabé tocó a la puerta y abrió la señora Aurora.

—Hola, ¿vienes a la fiesta de Araceli?

—Sí, señora.

—Sólo que, ¿sabes, mi hijito?, traes los zapatos rotos.

—Pero están limpios.

—Sí, reyecito, claro, pero mejor ve a cambiártelos, ¿sí?

—Es que son los únicos que tengo.

—No digas mentiras, los niños que dicen mentiras son muy feos; dile a tu mamá que te cambie los zapatitos y regresas, ¿eh?

—De veras no tengo otros, señora.

—Y tu pantaloncito, y tu camisita.

—Están limpios.

—Pero seguramente tienes unos mejorcitos, estoy segura de que bien arregladito te ves muy bien.

—Son los que tengo.

—Bueno, entonces no puedes entrar.

—Araceli me invitó.

—Sí, ya sé.

—Y le traigo un regalo.

—Uuuy, qué bien, dámelo, yo se lo doy de tu parte.

—Pero…

—Gracias, chatito, yo le digo que viniste, adiós.

Araceli nunca le perdonó que no hubiese asistido a su fiesta de cumpleaños, y él nunca se atrevió a decirle: sí fui/

/—Bueno, ¿qué esperan para empezar?: dijo el papá de Ena Rosa.

Ena Rosa y Albino se miraron.

—A mí no me gusta el puré de papa: dijo ella.

—Ni a mí: dijo él.

—Pues aunque no les guste, se lo comen. Vamos, rapidito.

—Sí, tío: aceptó Albino llevándose una cucharada de puré a la boca.

82

—Ya te dije que no me gusta, papá: repitió Ena Rosa observando con rabia a su primo.

—No me importa. Te lo comes o te hago que te lo comas.

—Es que me da asco.

—¿Ah, sí? Ahorita vas a ver cómo te quito el asco.

Se levantó y se quitó el cinturón intimidatoriamente. Ella apretó la boca y se la tapó con las manos.

—Déjala, Pepe. Si no le gusta, no la obligues: dijo la mamá de Ena Rosa con el susto temblándole en la cara.

—Tú te callas. Yo sé lo que hago. Ándale, cómete eso.

Ena Rosa negó con la cabeza y con un mugidito. La cara de su papá se infló y se puso primero roja y después como agrisada. Levantó a Ena Rosa de un tirón y la hizo aullar a cinturonazos.

—Déjala, Pepe, no le pegues así.

—¿Vas a comer? ¿Eh? ¿Vas a comer?

—Pepe, por favor, ya déjala. Pepe, por favor.

—¿Vas a comer, caprichosita? ¿Eh? ¿Te vas a tragar eso?

—No quiero, me da asco: gritó Ena Rosa luchando por zafarse de la garra que casi le reventaba el brazo.

—¿Ah, no?

—Ay, Pepe, por Dios, la vas a matar.

Agarró a Ena Rosa por los cabellos y le empujó la cuchara repleta de puré en la boca. Ena Rosa borboteó y resolló negándose a tragar, pero su papá le encajó una segunda cucharada y le apretó la nariz para obligarla a aceptar una tercera.

—¿No que no, muchachita terca? ¿No que no?

—Cuidado, Pepe, cuidado, la vas a ahogar.

Ena Rosa volvió a trabar las mandíbulas y la cuchara le rasgó y le hizo sangrar los labios.

—¿Ya ves cómo sí te gusta? ¿Ya ves que sí?

De repente Ena Rosa comenzó a toser y a arquear el cuerpo convulsivamente y en medio de un bocado vomitó sobre

83

la mano de su papá y sobre la mesa y sobre el plato. Su papá se enojó más todavía y le pegó en la cara y se la embarró de vómito y de puré.

—Suéltala, Pepe, se está ahogando. Que la sueltes, te digo. Por fin la soltó.

Ena Rosa jalaba aire por la boca y producía un ruido extraño con la garganta. Mezclado con lágrimas y flemas, el puré le chorreaba por la nariz. Su mamá, entre consolándola y reclamándole su terquedad, la metió entre sus brazos y se la llevó al baño para limpiarla.

El papá de Ena Rosa se volvió contra Albino.

—Que esto te sirva de lección. Aquí estás en mi casa, y en mi casa se hace lo que yo ordeno, ¿entendido?

Albino tenía los ojos desatinados, empapados de miedo. Asintió con la cabeza apresuradamente y se comió el puré hasta dejar el plato limpio.

A la hora de la siesta fue a verla. Estaba sentada en la cama con las piernas dobladas contra el pecho y el mentón sobre las rodillas, columpiándose quedito.

—A ti tampoco te gusta el puré de papa y de todos modos te lo comiste, le dijo sin dejar de mecerse, con una voz clara y suave.

Albino no tuvo necesidad de desviar la mirada. Ella tenía los ojos limpios muy abiertos, pero no miraba a ninguna parte.

—Vete. Eres un cobarde. Tú me das más ganas de vomitar que el puré de papa. Vete de mi casa/

/El hombre preguntó por ella.

—No está: contestó el Oruga.

Ah, qué caray. ¿Tardaría en volver?

—Sí, va a regresar ya muy noche.

Mmmh. ¿Podría pasar a esperarla?

—No, tengo prohibido dejar entrar extraños en la casa.

84

Pero el hombre no era un extraño, y el Oruga lo sabía.

—De todos modos, no. Vuelva otro día.

—¿Quién es, Hugo?: sonó la voz de ella traicionando al Oruga.

El hombre torció la boca con ironía. ¿No que no estaba?

—Para usted no está. Váyase.

Pero ella había llegado a la puerta. Saludó al hombre con mucha alegría y lo introdujo en la sala.

¿Gustaba tomar algo?, le ofreció.

—No; nada por ahorita. Gracias.

Bueno, en un segundito estaba con él, se disculpó y se fue a la recámara. El hombre se puso a mirarlo todo como si nunca hubiese estado ahí. Cuando sus ojos se encontraron con los del Oruga, sonrió tratando de ser amigable.

—¿Por qué no se larga?: lo retó el Oruga con una vocecita temblorosa.

Porque no se le pegaba la gana, nomás, respondió el hombre, medio fanfarrón y medio desafiante.

»Pero ésta es mi casa y yo quiero que se largue.

Iba a quedarse de todas maneras. ¿Por qué mejor no trataban de ser amigos?

El Oruga lo insultó. El rostro del hombre se enfureció y una de sus manos se fue alargando para advertirle que tuviera mucho cuidado, que otra de ésas y ya iba a saber quién era él. El Oruga retrocedió contra la pared, súbitamente aterrorizado. El hombre recuperó la sonrisa, se le acercó y le revolvió el pelo indulgentemente.

Vaya, qué bueno que por fin habían entrado en confianza, manifestó ella a sus espaldas. Se había puesto otra bata y olía bastante a perfume. Le dedicó una caricia distante al Oruga y, cariñosamente, lo mandó para afuera. Después invitó al hombre a sentarse y se sentó junto a él, en el mismo sofá, muy cerca.

Hacía mucho que no venía a visitarla, era un ingrato.

Es que había estado muy ocupado últimamente.

Pero ni siquiera un telefonazo, eso era imperdonable.

Venía precisamente para hacerse perdonar.

¿Y cómo sabía que lo lograría?

Él sabía cómo lograrlo.

A eso se atenía, el muy engreído.

El Oruga movió una hoja de la puerta para que supieran que no se había ido. Ella se disgustó.

¿No le había ordenado que saliera? ¿Qué tenía que estar espiando? Vamos, que se fuera a jugar con sus amigos.

—No tengo ganas de jugar.

Pues que fuera a ver qué hacía; ella no lo quería ahí; tenía muchas cosas que hablar con el señor y no quería interrupciones.

»Yo no interrumpo nada.

Sí interrumpía, que entendiera.

»Pero yo quiero estar aquí.

Ya le había dicho que no y era no.

Nada más un rato, que obedeciera, intervino el hombre en plan conciliador y, dirigiéndose a ella, dijo a media voz que qué tal si luego le contaba a su padre lo que había visto.

Ella calló un momento, como pensando en la posibilidad. Pero no; no lo creía capaz. Además de que ay de él si abría la boca. No, ella estaba absolutamente segura de que no hablaría. ¿Verdad que no iba a decirle nada a su papá? ¿Verdad que no? Bueno, ¿qué esperaba para salirse? ¿Quería verla enojada? Hugo, por favor, el señor no podía estar ahí toda la tarde nada más perdiendo el tiempo, tenía cosas que hacer. Hugo, por Dios, ya estaba bien de tonterías.

El hombre extrajo un billete de la bolsa de la camisa y se lo extendió al Oruga, para que se comprara unos dulces, ¿eh?

»Ésta es mi casa: gimió el Oruga mirándola a ella y sin moverse.

Sí, por supuesto que era su casa, sonrió el hombre acercándosele, nadie se la estaba quitando, y con un movimiento muy rápido y preciso lo agarró de la muñeca, le puso el dinero en la mano y, sin soltarlo, estrujándolo con una fuerza terrible pero aparentando suavidad para que ella no se diera cuenta, lo empujó al pasillo, cuando acabaran de platicar lo llamarían, y dándole un último apretón, ¿estaba claro?

El Oruga no pudo esconder frente al hombre las crispaciones de su fragilidad, de su miedo.

Pero que no se fuera a gastar todo el dinero, le recomendó ella con una sonrisa maliciosa, y cerró la puerta/

/Lo despertó el silencio. No era un silencio total porque afuera se oía el ruido de los coches y de los camiones; pero adentro, en la casa, nada. «Qué extraño, ¿no?», pensó Tito casi en voz alta. Abrió la puerta de su habitación y empezó a llamar a sus hermanas. Ninguna contestó. Muy raro, la verdad. Nunca salían todas juntas; bueno, no juntas precisamente, sino al mismo tiempo. A su mamá no le gustaba que dejaran la casa sola. Serían como las once y media de la mañana. Dejó la puerta entreabierta y volvió a un lado de la cama a vestirse. Pero viéndolo bien, ¿para qué?, si se hallaba solo. Se complació un rato en el olor de sus axilas; luego se paró frente al espejo y ensayó poses para presumir la musculatura. Se le estaba haciendo muy buen cuerpo, lo que sea de cada quien. Lástima las pocas oportunidades que tenía de lucirlo. ¿Qué tal si llamaba a los muchachos y se iban a nadar un rato al deportivo? Sobre todo con esta trusita blanca, qué a todo dar se veía, delgado aunque garrudo, como cables sus músculos, de tan bien definidos. Giró para admirarse la espalda, una *v* perfecta, la condenada. Así, poco más de tres cuartos de perfil, sus nalgas parecían de mujer. Se rascó por debajo de la trusa, suavecito y sin dejar de contemplarse. Qué chistoso. Era como si él no fuese él, como si de veras una mujer enrollara hacia abajo el calzoncito y le mostrara esa rayita oscura tan provocativa. Cualquiera se estremece viendo esas cosas, la verdad, y más si la prenda blanca se baja por completo y la cintura empieza a gallardear posturas iguales a las de las desnudistas en los teatros para grandes. No, definitivamente no era él; él era esa necesidad caliente y dura que su mano repasaba acariciadoramente. Y de pronto sus ojos se toparon con los que había en el espejo y las ganas como que se le molestaron, como que se le echaron un poquito a perder. Entonces cogió una toalla y tapó la parte de arriba del espejo. Mejor, mucho mejor. Se le ocurrió una nueva idea y la probó a ver si daba resultado. Se metió el pene y lo demás entre los muslos y los desapareció, formando un pequeño triángulo de vellitos incipientes. Muy satisfactorio el experimento, y muy excitante; sólo que así no podía moverse ni manipularse. Entonces se acordó de las revistas. A toda prisa, impulsado por la tensión creciente, abrió su baúl secreto y las sacó; las acomodó en el suelo, se puso de rodillas y comenzó a hojearlas, cada vez más urgido, sintiendo cada vez más reales a las mujeres que se desbordaban ante sus ojos, que se le ofrecían enteritas y le exigían a su mano ponerse más y más furiosa tratando de sacarse aquel hervor de encima, luchando por hacer reventar esas ansias y por desinundar ese remolino, esa fuerza ciega que ya se encontraba ahí, en la mera puerta, parada en la puerta, con la cara enrojecida por la conmoción, el ultraje, la incredulidad de verlo hacer eso que él dejó de hacer cuando la vio, cuando el placer se le convirtió de golpe en vergüenza y en rabia y en imbecilidad:

—¿Qué haces?: preguntó como si no estuviera viendo, la muy idiota.

—Nada: contestó él, más idiota todavía, como si ella no le hubiera caído con las manos en el amase: Bueno, qué, ¡sácate!

Su hermana Conchita ya no atinó a decir nada; sólo cerró la puerta y se fue/

Perjuiciamientos y borrascosidades iguales o similares habría, uuuy infinitudes, para reminiscenciar, ¿verdá?
Verdat.

La barca en que me iré
tiene una cruz de olvido…

Así que ya bastaba:
a otro baldío a enterrar el hueso:
o más bien, a reincorporarse al momento decisivo donde nos quedamos, es decir, a mariachear con los vivales marchantes:
los había de sobra y no todos iban a pretensionar las perladuras de la virgen como los anteriores abusadores:
claro que no:
¿entonces?
A multiplicar la labia y el esfuerzo:
hacerles la barba, payasear para caerles bien, carcajearse babosamente, tragar camote crudo ante los alardes de superioridad naquense ejecutados por los méndigos musicantecas.
Pero con todo y todo resultó que sí:
los indagosearon a la mayoría, y Dios está de testificante que la incosteabilidad no menguaba:
para que después le vengan a uno con el conque de que el dinero no es la vida, que es purita vanidad:
y ora, ¿qué actitud se adopciona en estos y análogos apuramientos?:
¿qué melindre hacer, qué escéptica apelación?:
¿con cuáles armamentos enfrentosear tan superlativa carencia?:

oh, dioses eternales de Oriente, Occidente, Oceanía y barrios conurbados, no se porten tan de plano currutacos, iluminen el sendero de nuestra magnánima procesión con luz precisa:

¿iban a permanecer holgazanes y parásitos, prosélitos de la vil inercia y de la abdicación?:

ah, eso sí que no:

primero cadáveres hurgoneados por la descompostura procaz de la gusaniza.

—Pues vamos a llevarles mañanitas aunque sea sin música: promulgoseó Tito en virtudamiento de la inopiadosa situación.

Que no se desaforara de la realidad, ¿eh?, le dentellaron los demás tres farristas enmuinados, capturaneados por la afliccionadumbre:

qué joda,

dicho sea con perdón de toda virtuosa oreja,

qué infamia social tan dificultosa de soportar:

mira que no tener ni la manera de demostrarle su infinito amor a la que uno más quiere, esto de plano es lo peor que le puede pasar a un hombre, tanto demolerse la existencia trabajando para que ni siquiera se pueda dar ese gusto, no hay derecho, uno se clava en el corazón la idea:

le voy a llevar su serenata a mi viejecita del alma, a la mujer más santa sobre la tierra, le voy a reciprocar con unas canciones que la hagan ponerse chinita todos los mil sacrificios que ha hecho por mí, todos sus desvelos y sus cuidados, mi ropa siempre limpiecita, mi comida siempre lista, su cara arrugadita de preocupación cuando llego tarde, cuando digo que me duele la cabeza, y ella tirando sin descanso como burra de carga y mordiéndose los disgustos y las angustias y ahora resulta que no puede uno llevarle mariachis en su día porque están muy caros, los desalmados, como si ellos no tuvieran madre y no conocieran en el fondo de su alma lo que se siente padecer una frustración deste tamaño:

para ponerse a llorar sólo de la maldita rabieta:

porque yo te quiero bajar la luna y las estrellas y todo el universo entero y no puedo, jefecita, soy un infeliz, el más infeliz de los más infelices, no me merezco un cariño tan purísimo como el tuyo, soy un bueno para nada, un don nadie, un cero a la izquierda:

aunque no toda la culpa es de uno, fíjate bien, es la salvaje malhechura del mundo, uno ya nació sin privilegiaduras de clase, si por mí fuera te llenaba la casa de mariachis para demostrarte cuánto te quiero, y te los hacía que te cantaran siete días seguidos y me jalaba además a todos los vecinos de la cuadra, vengan a mirar lo ques un hijo de adeveras, un hijo que sí le corresponde su amor a su mamacita, para que te sintieras orgullosa de mí, bien orgullosa:

aistá, ¿lo ven?:

a mí el dinero no me importa, lo que me interesa es que mi cabecita de ajo esté contenta:

observa cómo te envidian, jefa, como a reina de corazones, y es que eso eres tú ni más ni menos, mi reina, la mera cúpula de mi corazón, pero no llores, chulita, eso no, séquese sus lagrimitas, ya conoce que no me gusta verle chillar sus ojitos, sí, ya sé que es de puro sentimiento y alegría, pero se ve muchísimo más preciosa si se ríe como usté sabe, eso mero, uuuy, si hasta dan ganas de comérsela entera a besos…

¿Dónde podrían agenciarse otro pomo de caña?, este ya feneció por la patria:

—Ya sé: eurekó Albino: Tengo una idea.

—Hay que apuntar la fecha: cabuleó Tito.

—Mejor vamos a contratarnos un trío: concluyó Albino a cien por hora: Es más barato.

Otro poco y hasta lo besuquean por inteligentoso:

tú para cada solución tienes un problema:
qué ideota genialuda:
todo es cuestión de pensamentar las cosas y se arreglan:
¿dónde hay un triunvirato?:
en Ameriquita del Coño Sur hay de sobra:
no juegues:
ni lerdos ni perezudos entroncaron contacto dialéctico
con tres gordifloncitos que semejaban tres marranitas para-
das y que canturroseaban de lo más bendito a la manera ro-
manticonuda de la época de los veteranos:

Yo sé que nunca besaré tu boca,
tu boca de púrpura encendida...

se arreglosearon en un dos-y-dos-son-cuatro-cuatro-y-
dos-son-seis:
qué emocionadura tan taquicárdica, ¿verdá?
Verdat.
Calma, corazones infarticidas, calma.
—Y ahora, ¿hacia casa de quién enfilamos?
Para que nadie saliera raspado en su egocentrismo, echaron un disparejo:
moneda al aire:
salieron empatados: dos águilas realísticas y dos astrore-
yes radiantosos:
echaron un segundo y tablas de nuevo, y un tercero, y un
cuarto, y aún:
¿ya lo ven?:
no existe quinto malo:
Bernabé se benefició con un solesazo contra tres de las
que vuelan alto y ven de frente al horizonte y se arrogó el pri-
vilegio de la prima serenatosca.
Los cuatro parranderiegos se introdujeron en el volchito

y los tres cochinitos en un dodgesote del año de los presto-
saurios digno de cualquier museo y que arreaba duro los Kph:

rumbo a la colonización Obrera, calle de Francisco Olaguíbel casi esquina con Bolívar:

—¿Y ése quién fue?:

—Ah, cómo serás inculto deatiro, el libertador de Améri-
ca, ni más ni menos:

—No, yo me refiero al otro.

—Ah, pos sepa, quién quita y era poeta, ¿no?

—No, cómo crees, los poetas conviven sus calles en la
Santa María:

—Sícierto, por ai se dan su quién vive Sor Juana y Ama-
do Nervo:

—Ya estarás, tú, muy poetólogo, ¿no?

—Qué quieres, las ventajas de uno que se chutó del tingo
al tango la secundaria.

—Uy, para mí que ha de ser rete aburrido que te pongan a
leer poesías, ¿no?

—¿Y cuál fue el analfabeto que mencionó que debes leerlas?,
nada más te dan los nombres de los poetisos, te hacen aprender-
te los títulos de algunas de sus composiciones y las fechas de su
nacimiento y de su finiquito, y ya estuvo, con eso se conforman.

—¿Y para qué sirven las fechas?, digo, la cuestión sería en-
cerebrarte los libros, ¿no?

—Pues sí, sería, pero te apuesto diez por uno a que ni los
mismos profes le tupen a la lectura.

—¿Y a qué hora, pues?,

si para morirse decentemente de hambre tienen que cham-
bear a mañana, tarde y noche:

en efecto y en síntesis, bien trapeadoramente que maltra-
tan a los pobrísimos faros de la juventud:

les pagan más peor que a peones de albañiladura,

no es justo:

93

con todo y que su trabajo es un apostolado:

y lo más grave y terrible del caso, pienso yo, es que les abaratan la vocación y los metamorfosean en burócratas:

los anodinan, en una palabra

(¿los ano qué?).

—Olaguíbel ha de haber sido pintor o algo así, ¿no?

—Sácate a volar,

habrá sido escultor, si acaso.

—Entonces mejor le hubieran puesto el nombre del abuelo del Berna: patrocinó Tito cretinamente.

—Ah, ¿y a honras de qué méritos, si se vale interrogar?: pretensionó desasnarse el Oruga, deslumbramentado por la curiosidad.

—Pues porque fue dirigente de uno desos movimientos armados con resorteras y palos en los que pelean por la igualdad de clases y la honra de los indígenas y esas jaladas, ¿no es cierto, cuñao?

—Sí, cuñao: malaganeó Bernabé

(veterano de inválidas historias no escritas en la historia, por eso ninguna calle llevará nunca su nombre).

—Es un viejito de lo más chistosón: charloteó Tito sin gramaje de simpatía: Me cae rete bien porque siempre trae bilis contra todos los del gobierno, a propósito de cualquier tarugada, póntelas, a tupirles.

—¿Será porque la divina ubre de la Revolución no le ejecutó cabal justiciamiento amartelándolo de oros igual que a los politicrasos de reciente cuño?

—No, él creyó de veras en esas cosas: rezongó Bernabé como lamenturándose, como si el abuelo le hubiera robado algo con sólo practicar su honradez.

—¿Y por qué no se trepó al carro de los ganadores?: simplementó el Oruga: ¿Te imaginas? Ahorita tú serías un yuniorcito de calzoncitos de marca, figúrate nomás, un diputa-

94

dito o un senadorsito de esos bien glorificados por la varita magiquienta del dedazo hereditario.

—Pues porque se supone quesas luchas son precisamente para acabar con esos fueros inmerecidos: dogmatizó Tito con actitud declamatoria.

—Uuuy, pues es mucho suponer: condesonrió el Oruga.

—Si se hubiera muerto famosamente, quién quita y sí le hubieran bautizado una calle con su nombre: dijo Albino con auténtica candorosidad.

—Pero no se murió: tajanteó Bernabé a modo de cerrar el capítulo.

(O a lo mejor sí, y sólo su cuerpo siguió viviendo, como él mismo dice; sólo su cuerpo para andar trayendo su muerte a cuestas; porque lo que no pudieron las balas, ni las hambres, ni las insolaciones, sí lo pudo la decepción; porque ignorante como era, el más humilde de todos los miserables, como se dice que era, supo creer, le tuvo gran convicción y buena fe a la voluntad de prosperar que tenían los hombres; pero le traicionaron la idea entera, a él y a otro titipuchal de crédulos, muchos y muchos miles que se quedaron deatiro huérfanos de esperanza, como alega el viejo cada que le aplastan el dedo en la llaga, o cada que se le alebresta el gusarapo de la memoria, o cada que se le da la gana, nomás.)

—Bueno: resumió el Oruga pasándose tesoneramente el undécimo señalamiento rojo de semáforo: De todos modos nunca se sabe quiénes fueron los dueños de los nombres de las calles.

Siemprepasalomismo.

(Y ellos cuatro:

¿huérfanos de qué serían?:

pues de todo ha de ser:

porque cuando los metieron a las rebatingas del mundo ya todo estaba muy sucio, muy zarandajoso, muy resignado:

nada de levantar polvaredas, ¿eh?, les enjaretaron con hierro fundido en el centro del cerebro, nada de embravuconar olas:

construccionar todo esto para ustedes nos ha costado muchísima trabajosidad, hartísimo sudor y mocos, inenarrables sacrificios:

así que cuídense bien de colocarlo en entredicho con rebeldías ni locuras:

aprendan a ser sumisos, acaten las palabrosidades de sus mayores, respeten su voluntariosidad y todo marchará sobre ruedas:

prohibido pensar, salirse del huacal, chistar siquiera:

y por eso es que andaban pedigüeños de una sola verdadcita que colgarse en el costado izquierdoso del pecho, pegándose de frentazos contra las esquinaduras de la existencia, aporreándose a lo loco, sin ton ni son, descarrilando por lo más tobogán de la existencia, pasando de largo y sin afincarse en nada,

ignorantemente, sandezmente, lloriqueantemente.)

—Espérate: alarmizó Tito Tito Capotito freneticosamente: Frénate, Oruga, aquí es. Y aporreándole los costillares a Bernabé: Órale, cuñao, no te me duermas.

Bernabé se erectó embrutecido:

—¿Qué pasó, qué pasó?

—Que si yo no me fijo, nos pasamos: le reclamó Sube al Cielo y Pega un Grito: Te clavaste refeo, hasta venías babeando.

—No es cierto, si sólo me desconchinflé un poquito y me distraje: se defendió Bernabé sintiéndose como acabado de bajar de la montaña rusa, tratando de meter en cintura su pensamiento y su lengua, que se le descarriaban, se le escapaban fuera del marco, como cuando uno cocea derechito a gol y la inche pelota se larga por donde se le pega su regalada gana.

Se pararon abruptamente frente al zaguán rojo y el dodgesote se detuvo detrás con algo parecido a un sofocón:

los cuatro de la cuarteta se apearon bamboleantes:

ay, nanita, estaba recia la embriagación, ¿no?:

yes, my dear:

ni tanto, chiquischiquismente mareadines, no había que exagerar:

así que, para patentizar su capacidad de aguante, la asamblea general proponía quel coleguita Bernabé se discutiera descorchando un pomo en el salón principal de su residencia, siempre y cuando el susodicho pomazo de marras existiera en la cava familiar, por supuesto:

¿iban a penetrar en la intimiprivacidad de su hogar?: inquirió el mencionado casi con terror análogo al que se experimenta en martes trece o ante espejo roto: ¿no se suponía que las serenatas se endechaban a flor de calle?:

Bueno, ok, no se introducirían si al que pecaba de anfitrión no le parecía, pero que por lo menos se ensobacara el alipús y lo colocara a disposición para libaritear aquí afuera:

pero Tito era de la opinión de que sí entraran a feliciditar a doña Luchita, era lo que estipulaba la ley:

lo contrario sería comportarse arrabaleramente, y no, había que ser conscientidos, no procedía:

entonces que decida el Berna.

—Qué piensas, cuñao, ¿estaría muy gacho levantar a la viejita a estas horas?

Sí, que él determinara:

pero aquí entrenós Bernabé no pensaba en ella, en si le podían averiar la salud o el sueño:

ni tampoco en el abuelo, que de segurísimo se iba aparecer como real espíritu chocarrero a sermoniquearlos por andar de juerguisteros:

no, lo que le enturbeció la razón fue esa especie de íntima tristeza reaccionaria que le embargaba el alma siempre que se trataba de mostrar su casa, tan olorienta a vejecidad, tan reflejo de los acumulados tiempos de penurias, tan apocilgada:

97

es cierto que a veces le llegaba la inspiración de comprar algunas cosas para tener el hogar de los abuelos respetable, pero lo verdadero es que ya ni valía la pena invertir en ellos, en cualquier pestañeo se mueren ques lo más natural y uno se queda con el gasto hecho:

suena ingrato pero hay que ser realistas:

ellos ya cosecharon lo suyo y uno apenas sestá labrando un futuro:

tampoco es cuestión de arrear con su menaje para otro domicilio y seguirlos manteniendo, sería un doble sangrado:

aunque a ratos se le mete fuerte en la cabezota la intencionadura de largarse, desaparecerse así nomás, dejarlos que se las arreglen como puedan, total, de hambre no han de fenecer, y de pena por él menos:

pero ahí está la piedrota atada al cuello, la voz de la conciencia o como se le llame reclamándole ques una ruin hijoeputura imaginar desa manera tan desdichada porque de no haber sido por ellos capaz que Bernabé hubiera ido a parar a un asilo de asustadizos huerfanitos junto con su hermana, o andaría por ahí dando tumbos y retumbos, implorándole piltrafas a la vida:

«Ya que se mueran de una vez», pensaba, deseaba harto mentecatamente algunas noches:

así él podría dedicarse de lleno a lo propio:

hacía escasos dos años que había comenzado a trabajar y lo que ganaba se le iba casi enterito en costear las necesidades de los abuelos:

vaya alguien a saber por qué arte de estancamiento los ancianos le salen a uno más contraproducentes que los bebitos de teta:

pobres viejos, ellos qué culpa tienen, pero son una calamidad, meros estorbos que le acogotan a uno las alegrías, le mesuran cualquier movimiento con sólo verlos tan repletos siem-

98

pre de distancias, de recuerdos, de historias, de tantas muertes como les ha tocado vivir:

uno los quiere y por eso es que le duelen, por eso nomás los mira en serio y se le llenan los ojos de lástima:

pero lo peor es que ignoren la mala obra que están haciendo, porque a uno le urge tener disponible su dinero para poder demostrarle su generosidad a Conchita, cual debe de hacer todo novio que se respete, y llevarla ora al cine, ora a merendar churros con chocolate, ora a la feria, ora al beisbol, ora al balneario para darse vuelo admirándola en traje de baño:

tan encuerpadita ella, tan delicadamente acinturadita, tan bien torneadita de piernas:

todo eso cuesta, no se crea que no, y si se pone uno a echarle lápiz ya se verá que suma un pico:

ora a remar a Chapultepec:

pero esa maldita tarde…

¡sorpresa!, ¡sorpresa!,

que se le pone necia con que en vez de pasear quiere ir a conocer a los abuelos, y Bernabé a sacarle vuelta y media y a negarse con pretextos extraídos de la manga hasta que ella se acomoda el disgusto en la actitud y en el timbre de la voz y a él ya no le queda más remedio que doblar las manitas.

—¿Ya viste por qué no te quería traer?: le refunfuñó después, cuando abordaron el camión de regreso, gesticulando como atormentado intermitentemente por atroces dolores.

—¿Por qué?: preguntó ella iluminándose con una ingenuidad y una dulzura que daban ganas de escupirle la cara.

—Por mi casa: dijo Bernabé masticando el coraje: Por eso.

—¿Y qué tiene tu casa?: con una sonrisita estúpida y agradecida, parecida a la placidez: Tus abuelitos son preciosos, sobre todo tu abuelita, es tan buena, y cómo te quieren los dos, tu abuelito es igual de serio que tú, ¿verdad?

—Yo no digo dellos, digo del cuchitril asqueroso en que

vivo, de la porquería de muebles todos rotos, ¿te fijaste que ni siquiera a baño llegamos, que hay que salir hasta la inmundicia ésa al fondo del patio cuando tiene uno necesidad?

—Pobrecito, mi cielo: se le acurrucó ella sinceramente.

—Qué pobrecito ni qué pobrecito: se embraveció Bernabé al máximo, porque si algo le chocaba era que lo pobretearan.

—Cuando nos casemos todo va a ser distinto, vas a ver: lo desarmó ella; le sacó la bronca de encima platicándole un futuro precioso, irresistible:

un departamentito pequeño y humilde de lo más lindo:

unos jueguitos de sala y comedor modestos pero muy cómodos, bien forrados de plástico para que no se maltraten, y cortinas floreadas por todos lados, y tapetitos afelpados a los pies de tu sillón preferido y al pie de la cama y encima de la tapa del inodoro, y muchas repisas para disponer muñequitos de porcelana, y en las paredes pinturas al óleo con escenas de mares y bosques, y nuestro retrato del día de la boda en un marco dorado ques un ensueño:

ya lo vas a ver:

divagando, absolutamente enamorada, inventando:

y carpetitas de colores bordadas por ella misma sobre la mesita de centro de la sala y sobre el estéreo y sobre la televisión:

y una cocinita integral para que ella le guisara sus gustos:

y la recámara:

ay, tengo vista una que te va a enloquecer:

tiene un respaldo grandote en la cama para ver la tele en la noche, y con lunas en el tocador y en el ropero, y unas lámparas de techo con cinco focos cada una para que siempre haya mucha luz:

y si a todo lo anterior le agregaban quella no lo iba a dejar de querer y adorar nuncanuncanunca, pasara la tormentosidad que pasara, qué otra ilusión podía anhelar, porque el res-

to, es decir la comida y las sábanas siempresiempresiempre
calientitas se daban por hecho (dicho esto entre sonrojos y ti-
mideces de párpados y un ligero pero significativo estreme-
cimiento).

Sí:

se matrimoniaría con Conchita y ella lo ayudaría a subir,
sería su estímulo y su gran apoyo, porque a partir de ella ha
sentido que tiene alguien por quien realizar las cosas, y a lo
mejor hasta podría ahorrar lo suficiente para meterse a estu-
diar aviación, que fue lo que ambicionó desde chico y jamás
pudo, lo que le perforó un hoyo en el corazón y se lo dejó go-
teando para el resto de la vida:

sí:

construirse un futuro magnífico con ella, crear una familia numerosa y bonita con ella y regresar al polvo luego de haber vivido la eternidad del amor en ella, por ella, junto a ella,
para ella, y decírselo así de fácil como le dices mi gatita de an-
gora, mi granito de mostaza, sin ruborees ni desfiguraciones,
para transformar en realidad concreta la seriedad y la sinceridad de tus intenciones:

pero sépase de una buena vez ya que estamos en este trance:

no pensaba seguir viviendo con los abuelos ni de relajo,
¿eh?, por más que los quisiera mucho y todo.

Uy, este méndigo infeliz ya se les había apendejumbrado
enterito, se quejoseó Tito en vista del acontecer melancoholi-
zoso de Bernabé:

Bueno, ¿eran su burla o qué?:

que se decidiera ya:

¿adentro o afuera?

—Pues adentro, total.

Dos perrínfimos banqueteros, ruinosos puñados de huesos y pelambres tristes, se desarrimaron del portón para de-
jarles el paso libre, aunque uno de ellos se puso a ladrar tur-

biamente como ladrándole a la soledad o, más exactamente, ladrándose a sí mismo de tan solo, tan desolado, tan huérfano de cualquier calle, de todas las calles, perro más solo que un perro, que un desgraciado perro en desgracia:

ganas (finta) de patearlo para que de veras ladre por algo:

no seas insensible, hombre, compadécete del pobre animal:

pero ante la cruel amenaza el pobre animal pestilente dejó de ladrar y empezó a gruñir, ajeno a la compasión que se le derramaba encima.

»Mejor desarrímense, no lo provoquen.

Mula patio, estaba más oscuramentado quel alma de un mercenario:

se introdujeron sigilentos y alevosiosos como tropas de combate en misión de masacrar en medio de la noche infame a algún líder agrario en la esmerada compañía de su esposita y de su abundosa descendencia

(ssshhh):

hablen bajito, hagan de cuenta questán en el confesionario:

y perdona nuestros pecados y salvoconducta nuestros certeros crímenes igual como nosotros salvaguardamos a las instituciones, y no nos dejes condescender a la tolerancia ni a la compasión, amén.

Medio confundidos y titubeantes, con torpe elasticidad, los tres botijilguerillos enguitarrados marchaban en disciplinada fila indiana apretujados y entrechocándose cual huelguistas enmierdadamente reprimidos o cual rientes cieguitos de filarmónica ambulante.

Bernabé sacó hoscamente la tranca de la puerta y se conglomeraron todos en una azotehuelita de dos metros por dos semejante a una celda para presos políticos.

—A ver, mis yucas: secreteó Tito dirigiéndose a los aborígenes canoros: ¿Qué melodía nos recomiendan para empezar?

—No somos yucas: le objetó con voz punzocortante cualquiera de los tres desde su pedazo de sombra: Somos de Guerrero.

—De la Costa Chica, ubicó otro.

—Es igual: rasposeó Tito: Es igual.

—Pero nos sabemos todas las de Palmerín y las de Guty: desparramó el tercero obsequiosamente.

—Bueno: se impacientó Albino: ¿Con cuál nos arrancamos?

—Con la que ustedes nos ordenen, digan nomás.

Detinmarín dedonpingüé…

Quel Berna sugiriese, era lo más correctoso y prudencial:

¿quién como él para saber en dónde se le adulcedumbraba el corazón a doña Lucecita?:

que escogiera una de ésas que ya de entrada le desportillan a uno el alma, ¿no creía?:

sólo que, aquí en familia, el Bernabé ni le sabía ni le sospechaba siquiera sus gustamientos ni sus sentimentalidades:

si no la conocía en lo fundamental, pues menos iba a maliciarla bajo la piel de lo romántico:

cómo iba él a adivinarle lo que se resguardaba en la trastienda, si se encontraba tan lejos, tan en otro mundo siempre, asilenciada como si las palabras se le hubiesen ido desmemoriando:

o como si las usara meramente para comentarse ella misma sus recuerdos:

o para conversarles cosas y distraerles su larga monotonía a sus muertos:

o para rezar como si cometiera un pecado a escondidas del abuelo.

—*Despierta*: fraseó el Oruga contra la oreja de Bernabé.

—¿Qué?

—*Despierta*, digo, la canción que dice *despierta dulce amor de mi vida*, esa está pero si clavada para la ocasión, ¿no?

Bernabé guiñoseó sus ojos que parecían bulbos fundidos.

—Ah, pues órale, sí, ésa: indicó el Berna a los guitarreros que sin más duderías pulsaron sus instrumentos y se arrancaron:

Despierta, dulce amor de mi vida,
despierta, si te encuentras dormida...

Uuuy, palabra que hasta las mismitas estrellas parecieron palpitar de modo más enjundioso con el sabor adormecedor del canto:

la suavísima nochecita de mayo se encuajó de azucaradas estremeceduras, y de seguro a todas las semidiosas, ninfas, doncellas y chiquilinas silvestres de la vecindad se les conmocionó hasta el rincón más intimoso del sueño y las inspiroseó para retozar a la luz de la luna:

¿se las imaginaban?:

sus cabecitas despeinadas deshojando la flor para saber si desprenderse de la almohada, los ojazos apanterados y ardientes revoloteando en plena penumbrosidad, la respiración encumbrándoles las implorantes pechumbres, la sangre vuelta ciclón, la epidermis humedecida sobre unas sábanas implacables como brasas del infierno, los sentidos suspendidos, atentos, empeñados en fijar el sitio exacto —o aproximado, da lo mismo— de donde proviene la cadencia:

válgalas Dios, si será el locuaz de su novio con otra de sus muchas expresivas chifladuras:

tú, el proyecto divino destinado a la iluminación de mi espíritu:

o si será el pretendiente que con este aguerritierno detalle lanza de lleno sus armas a la conquista:

bien que saben los atolondrados que con una serenata le reblandecen sus defensas a cualquier mujer, se la ganansean desde esta parte hasta aquella otra parte porque enseguidita

de una demostración de cariñosidad descomunal como ésta,
ni manera que una siga haciéndose del rogar:
  pecaría de ingrata, de desagradecida:
  y a esta debilidad tan nuestra se atienen:
  ladinos que son, tramperos, amañados:
  ay, pero tan cabales y tan empeñosos, después de todo:
  melosas enmieladas:
  mientras tanto, la noche seguía endulzándose, ahora con:

  Cariño que Dios me ha dado para quererlo,
  cariño que a mí me quiere sin interés…

sólo que de a cachitos van descubriendo que no:
quel fandango se ubica algo lejos:
que la dedicatoria de amorosidad no es para ellas:
  deberían haberlo sospechado:
  claro:
  con una piruetita de imaginación minúscula hubiera sido
suficientísimo para desbaratar de raíz la desmesura fantasiosa:
  ay, fuiste mi inquietud, pero no mi consuelo:
  ah, entonces ha de ser para alguna de esas descocadas que
abundan tanto:
  ofrecidas, provocadoras, lagartonas:
  la lengua filosísima para desollar prójimas:
  claro:
  las grandísimas indecentes les permiten a los novios que
les practiquen todas sus concupiscencias y así es como los
amarran a sus faldosidades, y luego aistán los muy baboseantes-
tes rastrillando su escándalo y fastidiándole el descanso a las
personas de bien con sus imprudencias:
  habría que coger el teléfono y llamar de urgencia a la pa-
trulla para que arreara con los noctámbulos, los sometiera al
orden y les diera su escarmiento:

sí:

se dejaban cortar mariantonietamente la cabeza a que la farragosidad era para halagosear a alguna pizpireteja:

ya no hay respetación en este mundo, ya no hay valores saludables, como dice papá,

y papá empinado en piyama de algodón a cuadros sobre el pretil de la ventana les arrojaba palabrotas de carretonero a los revoltosos:

qué bueno y qué mejor:

para que se les quite y para que aprendan:

con el despecho a la vista:

qué lástima, desperdiciar una canción tan linda en esas arrastradas:

> *Quisiera preguntarle a la distancia*
> *si tienes para mí un pensamiento,*
> *si mi nombre se envuelve en la fragancia*
> *inolvidable y dulce de tu aliento...*

No obstante:

resignación:

así aprenden las mujeres decentes a conocer y soportar los muchos apachurramientos de los desengaños.

Y lo que son las cosas:

pese a las ardorosas interpretaciones, la homenajeada no se dignoseó mostrar señales de apercibimiento, no encendió siquiera una veladorcita de san Juditas Tadeo ni nada por el estilo:

por un instante, con excepción del ladridero árido de los perros en las lejanías, sólo se percibió un silencio conjeturoso:

¿se disgustaría por el despertón tan a deshoras y en consecuencia se pondría sus moñosidades?:

pues qué poca abuela, dicho sea con perdón de la concurrencia, porque eso de que se ande uno desvelando y sacrificando por congraciarse y que le paguen con la baja moneda del menosprecio es una injusticia:

es más:

es una mentada:

o quién sabe, a lo peor la impresión le caló tan adentramente que se permaneció arrebujadita y atemblorinada, cavando con extrema delicadeza y lacio cuidado en sus propias remembranzas para rescatar sin dañosería algunas ensoñamientaciones:

oh:

qué aternemielada suposición:

bueno, barbajanes, tampoco iban a pretensionar que a sus matusalénicos años se aventanara en imitación de novia de tarjeta postal, ¿verdá?

Verdat.

No, tantísimo como eso no, pero entonces:

¿cuál sería la causadumbre de tan largo y catacumboso compás de espera?:

—¿Y ora qué pasa?: apremuró el Oruga derrochando aliento de inodoro tapado contra el perfilazo de Albino, que se reviroteó encorajimentado por el acometimiento pestífero.

—Pues yo qué sé.

—Oh, caray, si nomás preguntaba, hombre, no es para que tembronques.

—Usté ordena con cuál nos seguimos ahora, mi jefe: moduloseó lacayunamente el más genuflexible de los tres bultos gordos.

—¿Jefe? ¿De cuándo acá soy tu domador, güey?: rebatió en su mente deshebrada Bernabé, y:

»Aguántenme tantito: dijo mientras se afanoseaba en acertijar con las llaves de su vivienda:

¿Alguien tenía un cerillito por ahí?:

porsupuesteando, los integrantes de la escuadra expectorante prendieron como media docena y aprovecharon la casi fogata para encigarrarse las bocas:

a ver si ya fumareaban menos, ¿no?, el domingo tocaba partido contra los de la cervecería y luego ai andaban escupi-tajeando los pulmones y el bofe y provocando lastimosidades apenas comenzado el agarrón:

cuánta infamia,

cuánta mala leche,

cuánta perversidad permeaba esa innoble reprochamienda:

no era reclamamiento:

nuncamente:

sino aconsejación:

pues igual les daba, porque de aquí al domingo había margen más que sobrado para alcanzar la gozosa condición atléti-ca del alto rendimiento y galgosear los noventa minutos más los tiempos extras de ser necesario:

los muy deslenguazarados:

maltableaban penúltimamente en el campeonato y aún se permisionaban tales donaires:

no, momentito:

nada de ninguneos ni de críticas resabiosas:

ellos perdían pero al planeta por sus cuatro costados le constaba que con harta dignidad:

cara al sol:

con abundoso honor:

dejando los redaños también llamados amígdalas (ha de ser por lo redondito) en cada encuentro, feneciendo en la raya por los colores del equipo:

así que vámonos respetando:

los muy jactancionudos:

—Yastuvo: cantó victoria Bernabé zambulléndose en la tenebrosa ranciedumbre cavernurienta de la piecita.

—Prende la luz, mano, para ver lo que pisamos.

—Ora, desgraciados, no empujen.

—Tú eres el que está empujando, infeliz.

—No la hagan cardiaca, hombre, pórtense como la gente.

—Infeliz la hermana de tu tía.

Aistán:

animalados en el quicio de la puerta, imbecilitados en los mandibuleos de sus denuedos y sus desfiguros:

ni perros y gatos en un costal se tratosean de modo tan inelegante:

qué escasos de cordura, de plano:

caramba, muchachos, ¿dónde está la educación que recibieron de sus papases, de sus epopéyicos maestros?:

ah, entre cuervos descorcharretinas te veas:

—Abran cancha o me los despanzurro.

—Pues ni questuviéramos mancos.

—Uno por uno, caray.

—Uno por uno, uno; uno por dos, dos.

—Dejen de payosear, no sean bestias.

—Hagan cola.

—Me prestas.

—¿Tienes crestas?, te las rasuro.

—A la brava nadie me gana, jijos de la trompada.

—A mí menos, jijos del máiz.

—Jijos de su pelona, se abren o los abro.

—Ahijados de mis güevos al gusto.

Igualito que como se obstruccionan y se empellonean las pobres gentecitas en el metro o a la entrada del cine macroplacero:

como si les fuera la vida en introducirse los primerizos:

idénticos que brodercitos y sistersitas zopiloteándose los bienes terrenales y la platita que herenció papá:

la vida no me va en juego, pero el orgullo sí, antes me parten mi mandarina en gajos que dejarme atrás:

—Ya cálmenla, no sean chuecos.

—¿Yo qué?, son éstos.

—Éstos tienen su nombre.

—Sícierto, éste se llama Mi Rey y yo me llamo Papacito.

—Ya, no sean méndigos, no la frieguen.

—¿Papacito?, papasármelos por el arco del triunfadero a los dos ojitos pajaritos.

Palurdamente, pero a las carcajeaderas, eso sí, porque no se trata de ofenduscar a nadie:

y porque la risadura es la mera pulpa del desmadre, como que hay Dios:

—Ese Berna, no se apriete, no se me haga de la rosca chiquita, lo mosca muerta no le queda.

—Yo no me hago nada, nomás desacelérense un poco.

—Yaaa, pues si estamos de festejo, no de velorio.

—Lo que ocurre es que tenemos un mundo de sed, Bernabecito, y tú nada que te apiadas y te pones guapo de una vez con los tragos.

—Y ustedes, mis estimados trovos, ¿qué esperan para recetarnos con una de su ronco pecho?

—¿Recitar, dijo?

—No,

recetar, sordo, medicamentarnos el espíritu,

alegrarnos el ser con la belleciedumbre de sus trinos.

—Ah, perdón; sí, cómo no.

Y entonces, mientras los trovanderos de párpados entornados entonaban

> *Entre las almas y entre las rosas*
> *hay semejanzas maravillosas,*

las miradesas comenzaron a columpiarse, embohemiadas a la par que escrutadoras, a lo largoancho de las paredes estupradas por la humedad y los abandonos, a través de los muebles humillados por el usamiento de tantos años, muebles ya casi sostenidos sólo por la orgullosidad, si se permite decirlo así, aunque siempre fueron de fábrica humildérrima:

eso ni lo digas:

a la legua se nota:

plebeyos de origen como el mimbroso cesto de la ropa o el fatigado burro de planchar que aguardaban con la última fibra de mansedumbre el faenar de mañana:

no había radio para radiosear ni televisión para televisionar ni libros de adorno enciclopédico ni linóleum azul lustroso o alfombra de trato rudo con que encubrirle su fealduchez al piso de vil cemento ni, en fin:

éste no era en definitiva el reino de la abundancia, ¿verdá? Verdat.

Y sobreviviendo en esas condiciones tan cacarizas, oprobiosas y demandantes, el muy renegado del Bernabé todavía se daba el lujosamiento de andar botarateando los esqueléticos dineros en serenatas:

ah, qué inconsciencia, por Dios:

es vergonzoso, censurable, inadmisible:

no tiene para tragosear aunque sí para presumidearse de pudiente:

se habrían de implementificar castigancias correccionales ejemplarizantes para abolir, sanseacabosear de una vez por todas, este desmesurado viciamiento ancestral, como fustigaría hinchado de indignación cualesquier prosélito prócer revolucionario de cualesquiera época, latitud y bandera, esta fea comportación retrógrada que no sólo mancilla y deteriora y socava los cimientos de la sacrosanta institución de la sagrada familia vernácula, sino que contradice, enfrena y cancela la marcha pleniascendente del desarrollo de nuestro querido país:

ah, sabuesos de diablejo pedigrí que somos para detectivar la viga en la pupila ajena, ¿verdá?

Verdat.

Claro, el zorrillo no huele su propia cola:

pues que se mirosearan en un espejo en vez de andarse puritaneando:

a ver, muchachuelos:

el que estuviera absuelto de enculpamientos que sorrajara el primer madrazo:

a ver:

¿Albino?:

ni de chiste, es más inconsciente de sus responsabilidades que un funcionario público, lo que ya es decir:

veamos:

hay que reconocer que no es muy proclive a la farrándula, pero en cambio con los humores de las hembras no se consigue contener, y en cuantito se enculebrosea con alguna ya estuvo que no le cumplió a su vastaguita ni con lo de sus alimentos básicos:

sí, tú merito, no te finjas el sordoalegre:

¿a poco no es ciertísimo que te has retraído de tu casa como diez veces y que con el pretexto justiciero de poner en su sitio a tu mujer no le pasas ni un méndigo céntimo durante meses enteros?:

no, chulito, no nos vengas ahora con que para eso le das permiso de que trabaje, en primer lugar porque, casada o no, está en su total derecho, y en segundo porque tu consentimiento vale madre, ella chambea porque no le queda deotra:

¿quién si no va a medio satisfacerle la barrigucha a tu adorada descendientita cuando a ti se te inflamosea la calentura de la infidelidad y levantas la cola igualito que los perros y te largas a manirrotear por ahí?:

¿quién, eh?:

pero yo no tengo la culpa, es ella, que no me comprende:

buuuuuú, tache:

argumento mierdero telenovelero culebrero de infimísima categoría:

bueno, no leaunque, de acuerdo, cabecita de aserrín, de acuerdo:

sólo que las discrepancias de caracteres con tu señora son una cuestión y tus responsabilidades paterfamiliares son otra:

a tu chilpayatita la engendraron los dos, ¿o no?:

aistá:

candil de la calle, para decirlo en buen cristiano, lirio del arroyo:

no es que a uno le fascine meterse donde no lo llaman, pero nomás recuérdate del titipuchal que invertiste en el conquistamiento de la Peggy, para no ir muy lejos, contabilízale y verás:

no sean desconsiderados ni sadoquistas:

la malobra desa ingrata pérfida está llagosa todavía y su sola mención escuece el alma:

no la ensalitren ni la envinagren, tengan tantito así de piedad:

ah, pues sícierto:

perdón:

no ejemplificamos el asunto con dañosa intencionadura:

se trataba benévolamente bienhechoramente de descombrarte un poquitino los sótanos de la memoria para que adviertas que no estás tan limpito de culpa:

ai muere, manís, no lo volvemos ni a mencionar, palabra.

¿Y Tito?:

no, para nada, hombre, quésperanzas:

es ostentoso y superficial como novísimo ricachón de sexenio y botarate como secretaria bilingüe:

escudoseándose en el justificamiento de quél ejecuta con su dinero lo que se le hincha la gana, apenitas percibe sus emolumentos y ahí está corre que te alcanzo por acudir a echarlos en el barril sin fondo de la gelatinosa vanidad:

de rabo a nabo sus honorarios quincenalitos se le volatizan en posesionarse de locionaduras y perfumaciones y bisuterías y harto vestuario de lo más lucidor dizque para imprimirle categoría a su personalidad:

sí, todos sabemos que en el sueño de la vida así como te ven te tratan, pero lo tuyo se sobrepasa de tueste, carnavalesco carnalito, tú te cargas un acomplejamiento de príncipe de revista semanal que da miedo:

no, larguiruchín, no es ninguna exageración, atribúyelo mejor a los devaluados valorucos que te has dejado empotrar allá en tu cerebrito doncello:

si te atavías de tal o cual modo vas a parecer más hombre, vas a poseer a más mujeres, vas a ser el más feliz:

el cocoguash, que le nombran:

compite en superfluidades, imitamonea el modelo extranjero más próximo a tu corazón, distínguete, revélate triunfador adocenándote:

y aistá el patito feuchín creyéndose el papá de todos los cisnes:

y de nada les vale ni les sirve a tu mamacita y a tus hermanéuticas conminarte a la mesura porque tú

noigo noigo soy de palo,

y siempre que la dadora de tus días te solicita que te cooperes para liquidar lo del alquiler del hogar,

ay jefa, no lamuele, ando bien quebrado de lana,

¿ah, sí?, mira nomás, ¿y cómo no andas quebrado pa echarte la pulgosidad de ese vestuario encima, eh?,

pues porque son necesidades del empleo, hay que andar bien presentado,

y con tal conque tampoco te acomides ni con un centavo para la comida, pero bien que te aprontas todos los días a fondear cazuelas y a exijosear tus chocomilkes y tus huevitos tibios, ¿no?, y cuando no te los proporcionan porque no hubo marmaja disponible con qué mercarlos, entonces

ay a mí nadie me quiere, nadie se preocupa por mí ni reconoce mis meritorios esfuerzos, yo dándome las grandes matadas y todo para qué, para que me ninguneen y me maltraten peor que a rata sin vacunar,

y a manera de gratificación y consuelo te incrustas en los brazos amantorios de tus cuadernillos pornográficos:

¿infundios, intrigas?:

¿a quién tratas de impresionar con tus golpeamientos de pecho, manito?:

si a todos nos consta de qué patota cojeas.

¿Y el Oruga?:

no me hagan reír, por favor:

éste posee más cola que le pisen que un político caído en desgracia:

como desde chirriquitín le inculcaron la idiosincrasia de que comprar a plazos todo lo que se pueda y lo que no también es un ineludible deber nacional, ai lo tienen ustedes en el filito más virgen de la navaja, fiel a la tradición de vivir con la deuda al cuello:

a papá, a mamá y al nene lo único que les interesa es salvaguardar incólumes las apariencias, fachadear ante los distinguidos visitantes:

pasen damitas y caballeros, admiren sindudamente la magnificencia de nuestra escenografía:

la preciosura sinparigual del mobiliario:

Dios mío, qué belleza, de seguro les costaron una fortuna:

¿y estos cuadros?, oye, querido, ¿ya viste?, fíjate, son pinturas seudoriginales de Zanganito de Tal:

bah, son sólo baratijas de lujo, admite cojonamente papá con su más halagado desenfado:

yo creo que el día soleado que mi marido me regale unas joyas como las tuyas me caigo muerta:

oh, vamos, mujer, no es para tanto, declama farandulesca-
mente mamá con su más falsísima modestia,

y allá en su círculo virtuoso el unigénito pinochontea pe-
dantescamente súltima temporada en Acapulco y súltima
vueltecita por Manzanillo:

la presuntuosa trinidad regodéase con el envidiosamiento
de sus semejantes y soba las pelotitas de vidrio soplado de su
prestidigiadumbre social:

¿quién recuerda en esos relumbronadores momentos que
todo aquello sólo es rechinante farsantería, una achacosa ex-
centricidad escondida tras chequeras de paja y tarjetas de cré-
dito inusables y casas de empeño y chanchullos?:

¿quién recuerda los acosos de los acreedores, las notifica-
ciones de embargo, las amenazas de desahucio y las épocas en
que se quedan sin teléfono por falta de pago, los días en que
alguna sirvienta se cobra su salario con la vajilla, las semanas
enteras que pasan devorando los restos de alguna fiesta porque no tienen para más?:

¿quién recuerda que Hugo tuvo que abandonar bocaba-
jeadamente los estudios y ponerse a trabajar en aquel emplea-
miento pordiosero que le consiguió el amigo de mamá porque si no papá se hundía?:

bueno, cumplir con ciertos requisitos sociales y meterle el
hombro a la familia en un apuro no es delito, ¿o sí?:

cuidado, mi rey, cuidado, el que se enoja pierde:

¿el amigo de mamá?:

ah, ¿y cuál de todos los escogidos?

(¿ex cojidos?):

hijos de su mecapalera madre, más respeto, que no somos
de la misma clase:

uuuy, ya le salieron a éste las piedras preciosas del prepu-
cio y el oro de 24 kilates en el anillito del culo:

mugre roto de alcurnia:

116

¿ya ves?, te lo dije.

En fin, ¿los avergonzadumbró el recuento de su propia miseria?:

no:

¿los adolorió?:

tampoco:

se hallaban ni me va ni me viene, o más bien acostumbrecidos:

¿no podrían elucubrar alguna suerte de magia para auxilionear al pobrecito de Bernabé a equilibrar su balancín de pagos?:

pues no, ni que fueran salvavidas o hermanastras de la caridad:

además, el que se mete de redentor irremediablemente sale crucificado.

> *... mi alma que vive errante y soñadora*
> *siguiendo en pos de una visión lejana*:

endechaban los gorjeadores:

—¡Qué brutos!: se enardeció Tito: ¡Qué a todísimas madres cantan estos yucas, me cae!

(ssshhh,

no eches madres):

»A mí se me hace que doña Lucecita ya se puso sus moños y no pretende salir: continuó Tito transformando su enjundia en una especie de puchero compungidito, o sea, poniendo rostro de chicle masticado.

—Sí va a salir, me canso: machoneó Bernabé, enigmaticón, mientras serviciaba brandy en unos vasos de plástico: Orita la traigo.

—Mejor tráete unas cocas o una jarra de agua para rebajar esto, ¿no?

(¿Se fijaron?:

vive en esta verdadera porqueriza pero la botella de la uva no le falta:

era lo que yo decía:

¿vamos a empezar otra vez a juzgosear?:

no, viva la paz:

banderita de rendición:

cruz cruz que se vaya el diablo y que venga Jesús:

María y José también, digo, para completar la tercia de ases.)

—No, pérate, no la vayas a levantar: repeló Albino entre consciente y ciscado: Con el escándalo que nos traemos de seguro ya sabe que estamos aquí, y si no se aparece es porque no quiere, ¿no?

—Tiene razón éste: asegundó el Oruga: Déjala. Le dedicamos otra cancioncita y nos vamos.

—De ninguna manera: imprudenció Tito con su más diáfana sonrisa sadicona: Que venga para darle su abrazo.

Saludcita, entretanto

(glug glug glug,

aaahhhrrrggg,

jijos):

ese Berna, que se compadeciera de sus gargantas y que les acarreara el agua:

así, solo, el brandyseco pegaba peor que patada de mula soltera.

—Voy por ella: dijo Bernabé, neutro como la pared de enfrente, y se escabulló por una puertecita baja y angosta igualita a la de la casa de los siete enanos.

¿Iba por el agua o por su abuela?:

sepa la bola:

el caso es que se desapareció:

y allá atrás se asomó al cuartuchito del fondo y adivinoseó en la oscuridad la figura pirograbada y desfallecida de ayeres

118

de su abuela y nomásmente no se atrevió a entrar en operativo de abordaje:

¿para qué?:

¿para decirle que la idolatraba y la veneraba y quera la santita de toda su devocionadura?:

pues no, le iba a salir pésimo el fervor de la recitación:

engañífero insinceramiento:

mejor mañana que se encuentre con mejores ánimos:

así que esquivó verla y se metió bajo la cortina que delimitaba su territorio y se derrumbó en el catre sin más, sin aflojarse el cinturón ni quitarse la chamarra ni los zapatos ni nada:

no fue premeditada estrategia:

simplemente se rajoseó cual jarrito pa tomar café y se entregó sin resistencia a la suprema majestad del sueño:

nada empieza que no tenga su hasta aquí y para él llegó de repente:

punto y aparte:

final de fiesta:

y dejó colgados cual calzones sucios o piñatas o Judas de Semana Santa a los fantoches esperandosos del lado de afuera.

—Oigan, mis yucas, échense un traguito: arremetió Tito.

—Gracias, joven, pero mejor no: declinó el requinto, y agregó con una sonrisita ladeada y una mirada ponzoñosa, como de músico rascabullas: Acuérdese que somos de Guerrero, de la Costa Chica.

—Dicen que por allá son muy bravos, ¿no?

—Pues como en todas partes, digo yo, si lo buscan a uno, pues lo encuentran, ¿no se le hace?

—Si usté lo dice así ha de ser.

Las miradas reluciéndoles como navajas de pelear.

—Ándenlen, tómense una copita. Yo soy muy pacífico, pero no me gusta nadita que me desprecien.

—Ni a nosotros nos gusta que nos obliguen: intervino medio bromeando, medio duelísticamente el primera voz, un gordifloncillo de ojitos ratoniles que lucía bigotín aguamielero pintadísimo de negro y que tenía facha de bueno pal trompón.

—Órale, Tito, aguántate, tienen razón los señores, a fuerza ni los zapatos entran: concedió cordialísimo el Oruga, jaloneando cautelosamente al aludido y calibrando quel asuntacho amenazaba con pintarrajearse color de hormiga panteonera: Aunque si quieren aclararse la garganta, con toda confianza, estamos entre amigos.

—Claro que sí: reforzó Albino simpatiqueando: Un chisguetito no le hace mal a nadie. Acompáñennos, hombre.

Así en plan decente ya cambiaba la cosa:

—Bueno, pero un traguito nomás.

Aistá:

todo es cuestión de saber hablarle a la gente para que acate la buena voluntad del solicitante:

—Ya ven, ya ven, les encanta que les rueguen: volvió Tito a la carga sonriendo con labia majadera, exponiéndose a que le resquebrajaran la fachada, le desfiguraran su figurín de artista de tele que sería completa si no tuviese la cara tan emperjuiciada de granosidades.

—No, joven, cómo cree: lo examinó conciliatorio el más matalascallando de los tres: Lo que pasa es que... pues... estamos trabajando.

—Bueno, eso es un decir, ¿no?, porque soltar unas cuantas cancioncitas en una hora no es trabajo. ¿O a poco sí, mis yucas?

Los tres bolerísticos se contrajeron enteritos como si les hubieran clavado una inyección de hígado de tiburón.

—No jorobes, carnal, ya te dijeron que no son yucatecos.

—Pues merecen serlo: dijo no se sabía si cínico o histriónico el retobón de Tito, canallescamente, camorrísticamente: Tienen toda la pinta, prietos, gordos, chaparros, sin pescuezo…

Y ya estaba así a un pelito de príncipe sapo de derramarse el agua lamosa del pocillo rompemadres cuando súbitamente:

¡ay, nanita!:

¡el coco!:

¡el monjeloco!:

¡el patasdechivo!:

¡el emisario del maligno en persona!

Se les voltereteó como en trapecio la víscera cardiaca y otro poco se les queda paralítica y hasta se patatusean con el tamaño asustamiento:

¡Virgen de Guadalumpen, escóndenos bajo tu estrellado manto!

ahí estaba desde quién sabe qué horas y ni cuenta se habían dado:

¿cómo entró?, ¿por dónde?:

la luz le caía cual hoja de guillotina y le dejaba el cuerpo en la sombra:

daba la truculentosa impresión de una cabeza decapitada, o de una mascarilla mortuoria navegando en el espacio:

escena de a tiro estremecetedora, macabresca:

¿alguien ha visto de cerquita, en vivo y en directo, un espectro, un fantasma, un ánima del purgatorio?:

pues idéntico de sobrehumano, de sobrenaturaloso:

para endiarrear al más pintado:

los testigos oculares se habían quedado turulatos del pasmo:

paralipendéjicos, estupefactados, bemboleantes:

—Bu… bu… bue… buens no… nochs: trabalenguaron los presentes hacia la alucinación, que los conjeturaba con ojotes dañoseados por nubarrones azulnacarados, vidriosos, desazonados:

inteligencia atascada en la incomprensión, en un dilatadísimo asombro, en una furiosidad muy íntima:

expresión de ni te acerques:

examinante, dominantesca:

que denotaba soberbia ictérica:

testicularmente obstinada:

enmarañado en la incordura, el antiquísimo:

rehén del sinsentido común:

y si nos apuran un poco hasta de una mentecata demencia capaz de oscurecer la diafanidad de la más transparente de las chorchas:

—Buenas: respondió por fin, roncosamente, cavernosamente, sacando su cuerpo de anchurosa huesumbre rumbo a la realidad menguada por el brillito insignificante del minifoquito de 40 guats.

¡Qué alivio!:

no eran visionamientos ni malhechuras de la alcoholización:

yo no mespanté, por supuesto:

ni yo tampoco:

ni nádienes, pacabar pronto:

—Aquí el señor es el abuelito del Bernabé: se apremuró a presentar Tito en tono lambiscón y ceremonioso, y también medio mosqueado aún por el efecto pegador de la aparición: Éstos son Albino y el Oruga.

Lo muchogustearon de lejecitos porque la impasible estampa de alma en carne viva del ruquete les imponía, y además porque el muy descortés no intentó ni la finta de extender la mano para saludar como es debido.

—Bueno, me dicen Oruga, pero me llamo Hugo, ¿sabe?

Asintió con un guiño:

no, con una levísima inclinación de testa:

¿qué no fue más bien un restiramiento como de sonrisa?:

bueno, algo así:

—Somos compañeros de trabajo de Bernabé: apuntalantó
Albino sobreactuando obsequiosidad.

Asintió de nuevo:

sólo que ahora con una especie de gruñido, ¿verdá?

Verdat.

Sí

(grrr):

un gruñido:

pero como afelpado, como amordazado

(ghhh):

ándale, así mero:

después, nada de nada:

un mutismo incomodante, embarazador, pegajostioso, des-
agradabilísimo:

un silencio de viaje en elevador a lo largo de dieciocho pisos:

ni el intento de un comentario intrascendente, alguna suposición tontilla:

miraditas al techo, a los zapatos, al botón algo flojo de la
camisa:

miradas pulgas brincando imprecisas e inatrapables de una
cara a otra cara:

es bien chistoso, me cae:

¿qué?:

que todo el canijo mundo nada más entra en un elevador
y enmudece:

por ai cada quel burro sopla en el agujero de la flauta algunos desacatados se atreven a hablar, pero lo hacen peor de
quedito que si estuvieran fingiéndose deudos en un velatorio:

y es que se siente como cuando vas en avión, ¿no?:

más o menos:

algo muy semejante a una total indefensión:

después de diez segundos del despegue, si esta madre se
cae no te salvaciona ni el mismito Dios Padre:

a una inermidad casi completa:

tú sentadito y amarradito y agarradito hasta los dientes de tu fe:

creo en el piloto invisible por sobre todas las cosas:

a un cierto terror impronunciable:

¿y qué pasa si se va la luz en el elevador, a ver?,

¿y si el orate questá al lado saca una pistola y nos emplomiza a todos?,

¿y si la puerta se trabosea y nos deja aquí encajonados?,

¿y si se corrompe un cable por deterioro natural o por mordisqueo de roedor y

plaaaaaafff,

nos desplomamos y nos rompemos sin remediación posible, completita, nuestra veneradísima móder?:

en una ocasión una amiga mía iba con un amigo en un elevador con diez o doce personas muy calladitas y circunspectitas, y a mi amiga que se le bota la canica y que le conspira al amigo, en tono de secreto o de complicidad,

«Pues aunque tú no quieras yo creo que mejor aborto, antes de que mi marido se entere»:

las caras de todos los ensardinados le saltaron encima, mensas, desajustadas en unas expresiones de estupidez sensacionales, incluido y especialmente el amigo, que para terminarla de torcer era uno desos tipejos de seriedad inmaculada y corbata hasta para ir a cagosear:

una reverenda idiotez adolescentona si tú quieres, pero qué ganas de encontrar una ocurrencia semejante en esta circunstanciedad, porque adviertan ustedes la falta de corrección:

de modales y educación:

de urbanidad:

el arcaico decrépito ni siquiera los invitoseaba a sentarse:

los escrutecía como a mapaches de laboratorio y punto:

ni los convidaba a departir ni les proponía alguna temáti-
ca de conversación ni nada:

¿y?:

¿somos o nos parecemos?:

¿tenemos monitos en las narices o qué?:

vean:

¿ya se fijosearon que su presencia de espectro no mira a
nadie en especial, sino questá enfocando al conjunto?:

véanlo bien:

como para dejar constancia fotograficamentera

(clic clic):

clósop en color sepia:

¡la Santísima Virgen,

qué rareza tan rara!:

igualito que los toros cuando están pastando y uno los fis-
gonea desde lejos:

o fijamente, como los pájaros:

o quietísimamente, como los peces:

los gatos sí te ven, para que veas, y bien misteriosones y
perversones que son para ver:

y los perros también:

sí, a veces hasta te apantallan porque se te quedan viendo
lastimosonamente o entrañabilosamente, como si fueran personas:

sobre todo cuando les sorrajas tremendo patadón en el hocico:

o cuando les duele la panza y están tristes:

hasta te dan ganas de llorar:

ya, no se distraigan ni se alejen del tema:

¿estará cieguito, tú?:

nooo:

está engentado, deslumbrado:

lo impactaron y opacaron las egregias efigies de los Tres:

es lo grave destas personas tan elementales:

se les derrama el techo sobre la crisma en cuanto les aterrizan visitas:

es lógico:

no saben anfitrionar:

carecen de encanchamiento, desenvoltura, desinhibición social:

¡Pa desinhibición social la de mis inches güevos!:

¿y qué esperaba su mercé de un prehistoriquísimo ex combatiente populachero sin reconociedumbre oficial, que siguió vivo de puro milagro, indito para más señas y aplanado por sus chorromil y pico de años?:

¿una recepcionadura atrabiliariamente derrochingosa como las del palacete de Chapultepec, u oropelera al estilo mansión de Los Pinos para servir a usté?:

¿un intercambio de cobas a la costumbrilingüe embajadorística?:

¿un descorchadero espumeante y un certamen de ridiculosidades y celebración de sandeces a lo popof, a lo chic, a lo nais, a lo gente bonita, de abolengosidad y alta fotogenitura revisteril?:

vamos, no nos comportemos tan irreales:

hay que convertir los decires en acción:

—Como es Día de las Mamacitas, pues fíjese que decidimos festejarlas dándoles serenatas: explicó Tito más incómodo y desvalido que un paciente ante la fatuidad y prepotencia de un medicastro del ISSSTE o del Seguro, moviéndose como si estuviera metido hasta las rodillas en un tambo de cemento y disparando un ademán tiesísimo hacia los sumisos musiqueros, quienes por aquello del notentumas genuflexionaron en dirección al entinieblado y le dedicaron un esplendoroso muestrario dental.

El vejestorio mugió algo que pudo ser una aquiescencia o

una cascarrabiada, y se acomodoseó con tremendosísima dificultosidad en una venerable mecedora de los temporales dorados de Mamá Carlota:

trasgo inútil, sin resonancia posible en el grito ni eco de miel en la mirada, les indicó

¿espiante?, ¿suspicaz?, irónico?,

que se sentaran:

vaya, había un rayito de modales, después de todo:

y, como disculpándose por su aspecto de R I P en cementerio, o cuando menos por su ya mucha vecindad de hombre sobre la tierra, revoloteó una manaza artrítica cerca de su cabeza de pelos pocos y grasientosos:

se chupeteó los labios que semejaban vainas resecas y parecían querer ocultar la mueca pertinaz de una blasfemia:

descubrió por un instante su lengua negruzca y pastosa:

tenía resinosa la saliva, así que salió resinuoso su resoplido:

—Uno se va entumeciendo con los años: dijo como conversando con él mismo, como a través de velos y velos de telarañas, los ojillos engarruñados en una suerte de urgencia de parpadear:

¿de soltar lágrima?:

¿de esnifear, dices?:

la voz entre fácilmente chisguetera y toscamente atronadora daba la impresión de que provenía de todo su rostro:

adusto, ceñudo, atormentado, siniestro:

y a la vez patéticamente arrogante:

a juzgar por el entrecejo profundamente fruncido, hendido más bien, y por el remilgo bilioso con que los inspeccionaba y que podría emparentarse con la sorna y aliarse con las ambiciones de molestar, tres eran las constelaciones interiores juntas que le fastidiaban el alma o el corazón o el duodeno o vaya el bueno de Dios a saber qué:

de insatisfacción,

de escepticismo,
de desolación.

»¡Y para esto nos rompimos la madre!: se exprimió la expresión desde lo más hondo de su fuero íntimo, rondando la temeridad y señalándolos con un sufrimiento contenido, como quien se arranca rudamente una costra.

El exabrupto cortó de cuajo las respiraciones,
marcó un suspenso en el latir de los pulsos
y un enigmadero en las mentecitas de porra:
¿oyeron bien?,
¿habló y dijo lo que dijo?,
¿la intención del ademán iba en dirección a ellos?:
deso no hay dudamiento:
¿pues qué víbora bífida lo picó?,
¿por qué la toma de armas contra sus personitas?,
¿por qué la insultación inmerecida, la invalidación arbitraria, la mordedura vil, venenosa?

No le contestamos por respeto a su avanzadísima edad, que conste:
todos encarajonados mientras él los fisgonoseaba con altanería, bien embutido en su extemporaneidad.
No:
definitivamente no le simpatizaban.
Los encaró:
cejialzado, truculento, chocarrero:
tan faltos de aspiraciones, tan sin metas que perseguir, tan juventud extraviada sin remedio:
las palabras salían réprobas, tortuosas, de su boca apergaminada, enfurruñada, aporreadora:
todavía no maduran y ya se están pudriendo:
qué desperdiciadero:
insistía desde sus facciones esquinadas, contrariadas, contraídas,

128

desde su rostro macilento y tenebroso donde se desplegaban todos los pliegues del tiempo:

áspero de carácter, hecho de achaques y amarguras.

Sin modificar su postura retadora ni escamotear la mirada, el ejemplético ruco aprovechaba la oportunidad formidable que le dieron de actuar ante un público cautivo sus actitudes sublimes de patriarca:

no:

sus gesticulaciones inmundas de capataz.

tampoco:

sus ardorosas aptitudes de jefezuelo predicador, más bien,
de tiranuelo inhospitalario trepado en irrisorio pedestal,
de héroe antihéroe semihéroe contrahéroe pocohéroe:
anatemizando:

muchachitos aturdidos, inapropiados, mortificantes, causadores del desastroso carraspeo de disgustación,
trogloditas urbanoides,
tripleta de fiascos gandallas.

Y ellos:

órale con el vetusto:

con semblante de la más nefasta indiferencia:

sin respeto ni consideración ninguna por el carcamán que imponía lástima de tan destartalado, traqueteado:

sí, ellos de plano con importamadrera gesticulación de qué güeva, no sabían si infartarse de piedad o desatornillarse de la risa y ahuecar el ala.

Mientras tanto el vetarro hirviendo en el hueco más grande de su cabezorra un gordo caldo de recuerdos acedos:

toda historia pasada fue mejor:

la memoria dispuesta para despepitar los mitotes almacenados y a chochear se ha dicho:

»Vi morir a muchísimas gentes, hombres que decían muero para que otros vivan, y se referían a ustedes, pero creo que no ha valido la pena, ustedes no viven, pasan de largo por los días, nada más eso, sin ningún sentido, sin una pasión verdadera, sin alegría; ustedes ya nacieron bien echados a perder, ustedes nos traicionaron a todos los que luchamos por mejorarles el camino de la existencia:

muero para que otros vivan:

recita con tono de profesor de pueblo y sonrisa de acémila:

se referían a sus propios hijos:

puntualiza paternalista:

que fueron los primeros en traicionarlos, en aceptar la rapiña, la hipocresía, el comercio del honor y los ideales como un nuevo estilo de estar en el mundo, a ellos les tocó la reconstrucción y edificaron sobre cimientos blandos, sucios, insuficientes, y con esa misma blandura y suciedad los engendraron a ustedes:

muero para que otros vivan:

ahora suena hueca la frase, suena a vacío:

y él la pronuncia con horripilante fervorosidad cívica:

con asfixiante cursilería patriotiquera:

don Pluscuamperfecto el Terrible con chueco dedo índice erguido haciéndose una reverencia a sí mismo,

muchas veces aplastado, nunca rendido,

se lanza a inventariarles sus defectos y sus naderías de carácter:

a echarles en cara su planitud de miras:

a enrostrarles ser fanáticos de la abulia:

adictos a la pereza:

pregoneros de las banalidades:

falderillos de la insustancialidad:

infelices, extraviados, indignos:

mal camino el que ustedes tomaron, muy mal camino.

Ustedes (ellos) suponen que él es un viejo fuera de circulación, anticuado, un mueble rinconero inservible, una estatua de sal, una esfinge, pero no, muchachitos,

ellos (ustedes) no saben nada, no comprenden nada, no van a ninguna parte, no tienen con qué, no saben para qué les sirve lo que sí tienen,

mamonsetes de mamá.

¿No les parece que exagera, o que se santifica, o que le pone clavos de más a su cruz, espinas de sobra a su corona?:

¿metabólicamente o cósmicamente?:

carajamente, fanatizadamente:

porque a fin de cuentas nosotros qué culpa tenemos:

ni culpa ni vela de sebo en el entierro de sus expectativas:

¿qué es una expectativa, tú?:

un resentimiento anticipado:

aistá:

la culpa es de su resentimiento:

sólo que qué tal si nosotros le provocamos la tentación maligna de regodearse en el papelucho de la pobrísima víctima:

sí, a los antediluvianos les da mucho por la tragediez:

y por hablar por hablar:

y por sermonear a destajo:

y por complacerse en su propia bondad:

y por ponerse de ejemplo edificante:

como si arreglaran algo con eso:

arrebatos de palabrejas impertinentes, ofensivas, de tono injusto, de desatinada insensatez.

¿Por qué los viejos parecen vivir siempre en lo más fangoso de una pesadilla y por más lucha que le hacen no logran despertar y se van al infierno tirando puntapiés a la vida?

Y a éste, ¿qué diablos le ocurre, por qué nos culpa a nosotros de sus errores y sus fracasos?

¿Nosotros qué?

Carcamal lunático que ruge cual tigre desdentado sus incontables aversiones y confusiones, que supurea con desilu-

131

sión colericruda sus aflicciones contradicciones conmociones obsesiones compulsiones tribulaciones:

el tesoro miserable de su dignidad atropellada, mancillada, desgloriada.

Las cosas que tiene uno que aguantar.

Oh, Cristo, ampáranos de los cagabolas.

Aunque no por matusalénico le iban a tolerar sus impropiedades antepasadas:

antepesadas antepisadas anteposadas:

antexpulsadas.

¿Así será su comportamiento habitual, tú, su manera de ser de siempre?

¿Por qué sigue alimentando su frustración? ¿Qué saca con ello?

Todo el cuchitril apestoseaba a encerrado, a orines de ratón, a conformismo, a mala suerte.

Y en resumidas contabilidades, quién era ese vejete insolente e infatuado para estigmatizarlos dese modo:

era manifiesto que se arrogaba ser la pureza andando de puntitas:

era como concederle carta de naturalización al quinto pie de los gatos, ¿no?:

¿a qué se arriesga?:

¿no mide las consecuencias de sus actos?:

¿no piensa que nos podemos inconformar?:

¿qué podemos arrearle despiadada madriza?:

la algarabía transformada en turbación, derrota de ánimos, aperplejamiento de hormiguero asustado:

porque la verdad es que no tenían presencia de espíritu para replicacionar a la hostilidad, a la aversión, y ya no hallaban la hora de escurrir el bulto:

pero una vez solventado el indispensable y merecido ajuste de cuentas, el que pintó su raya fue el abuelo, que, en concluyendo su sermoneo, o sea ahoritita mismo, se queda exhausto debido a un dolor enclavado en lo más abismo de sus entrañas, un dolor que no cesa, un dolor de nunca acabar:

se queda con los ojos amargurados de tanto mirar hacia sus adentros, hacia el interior de su propia geografía desarticulada y desgarrada, ahí donde se iban desmenuzando, como terrones entre los dedos, todas las muchas ánimas que lo tatemaban igual que brasas del caldero de las brujas y no lo dejaban vivir ni morir en paz:

se queda como distanciado, como hurgando en el infelizaje de sus recuerdos, como arrebujado en la guarida de su memoria:

aunque también como recostado confortablemente en el delicado regazo de su complacida conciencia, de su inefable prestigio de mártir:

y de repente levanta su silueta perturbadora, da la media vuelta y sin decir agua va se larga por la tiniebla de donde surgió:

desapareció cual disuelto en humo:

ni se despidió ni nada:

el muy descortés, el muy arrogante:

yéndose al olvido, nomás:

llevándose su empedernido gesto de gavilán taciturno:

arrastrando su rostro agrio, agrieturado, su cansado hartazgo irreconstruible:

como animal apaleado en su dignidad:

como quien va a echarse a morir:

llevándose consigo los hedores corruptos de los cadáveres despedazados unas veces por el hambre de sus propios compañeros, otras por la paciencia impasible de los zopilotes:

polvo eres y en olvido te convertirás.

Asilenciados permanecieron:

dudosos dudantes dubitativos.

¿Y ahora?

Tampoco nos vamos a quedar ñangos del habla nomás por el enrabietamiento del sanabuelito neuras, ¿verdá?

Verdat.

Jamásmente:

donde cantan gallos no cacarean gallinas:

y las gallinas de arriba cagotean a las de abajo, les cuadre o no les cuadre y cacareen lo que quieran los que no están de acuerdo con la ordenación del mundo tal como está:

dicho lo cual, la cofradía en pleno determina:

es hora de conferenciar cómplicemente, gemelamente, aun canibalísticamente, dónde va a continuar la juerga y cómo vamos a lograr que desquiten los cancioneros y a qué hogar dulce hogar le vamos a caer acto seguido.

(Oigan, entre paréntesis,

¿no les daba mala espina la tardanza del Berna?,

¿no había transcurrido ya un lapso más que razonable para que volviera?):

pues que vaya siendo por orden de aparición en el mapa de la ciudad chulapa de todos mis ardores sentimentales y estomacales:

Albino en la Doctores, Tito en la Portales y el Oruga en Coyoacán:

aprobado por unanimidad.

En eso oyeron el crujidito y giraron las pupilas esperanzadas hacia la puertita para enanos:

sólo que no fue el Berna quien se apersonó, sino la humanidadcita adormilada, humildemente cansada, de doña Luz:

—Buenas noches: musitó la espectral abuelita de los cuentos con modulación apenas audible, como si externara una confidencia chiquita, una plegarita, o como si se quejara de sus dolores de espalda, de sus muchas fatigas, de las emperjuiciadoras cosas de su añosidad.

—Buenas: contestaron muy bien comportaditos los tres malandrines briagadales y los tres mantecosos de la Costa Chica como acariciando el semblante afiliado a las penurias perpetuas de la viejecita corazón de pollo y alma de trapiche:

más muertecita que viva, la inocente:

esqueletita, piernitas huesudas enfundadas en medias de popotillo:

antigualla desgreñada, suéter de botonadura al frente, enaguas y delantal estilo época de las cavernas:

arrugadísima de tanto inspirado sufrimiento:

de tanto obedecer leyes eternas, leyes exactas, leyes inmutables:

leyes de Dios:

contra el orden natural de las cosas, sus hijos murieron primero, su hija y su yerno, para ser más precisos, los papás de Bernabé y de su hermana, una epidemia de fiebre tifoidea los arrancó traidoramente del campo de los vivos y los convirtió en ausencia eterna, en silencio definitivo.

Y luego la hermana de Bernabé siendo todavía una chamaquita caguengue se arrejuntó con un inglés y se largó con él y se declaró difunta para ellos por voluntad propia.

Por más que indagaron, nunca supieron a dónde fue a parar.

La anciana veía los bultos que tenía enfrente, pero:

¿cómo los estaba viendo?:

¿con repugnancia o con piedad?:

momita remilgosa, arisca:

de cualquier modo eso era sacar clara ventaja de sus añales, extraer compasión insana de su edad anterior a todas las edades:

¿cuál podrá ser?

¿todavía llevará la cuenta?

ni modo de ponerse a maljuzgarla o a dudosear de sus congojas:

135

aunque ya sabemos cómo les engolosina a las viejitas cani-
jitas la máscara de dolorosa en apuros:

el disfraz de marioneta deshilachada:

no seas dogcito irrespetuoso:

chacalito descastado:

el reproche dirigido al pensamiento respingón de todos
los circunstantes:

tú, yo, nosotros:

los deste lado de la banqueta y los de más allá:

está bien:

perdona nuestros pecados:

no hay purrún:

—Bernabé se quedó dormido: les dijo: Se durmió y ya no
va a salir, ya no va a ir a ninguna parte: así les dijo, tan triste
que parecía malencarada:

cara de fogón apagado su carita magra, escuálida y pálida.
Olor a cebolla frita, su olor.

No querían creer lo que habían oído:

se miraron entre ellos, con horror y asombro:

¡yaaa, que sea menos!:

bueno, con aflicción y estupor:

espeluznados con la novedad repentina, con la certeza fir-
me en la actitud de la abuela:

y con un involuntario gimoteo de ratoncito lampiño brutalmente atrapado.

—Despiértelo, doñita, dígale nomás que todavía nos fal-
tan tres casas: retobaron ellos, incrédulos:

cubetazo de agua helada amacizada con granizo sobre los
tres ventarroneros y faramallosos zoquetes:

»Dígaselo, señito:

dicho sea con el lastimoso afán de congraciarse y de revo-
car la sentencia:

¿sí?, anhelantes:

por favorcito, casi plañideros:

los tres una misma expresión de torturado en seco para dar fe del martirologio que padecían:

pero la rucaila, sabedora de todos los filtros del desdén, apretó los labios como remachándoselos,

y no accedió:

las pupilas como flotando en agua jabonosa, el gesto concluyente:

sus facciones de cartón piedra eran un reproche inamovible a la vez que un pozo de ternura terriblemente inútil:

como un gran vacío lleno de nada:

asunto concluido, no hay más que hablar, adiós y ojalá sea para siempre.

Qué mofa, qué alevosía del tal Bernabé:

el muy incumplimentero:

el muy desertor:

el muy retrocedido:

sacatonamente los dejaba embarcados con la serenata

y peor:

con la lana del trío cancionero.

Salieron otra vez a la noche lóbrega:

insólitos, imprevistos, intensos:

metieron las manos al fuego de la amistad y se las tatemaron:

no se puede confiar ni en el más próximo prójimo:

esa traicionadura tan alevosa ni al más vil enemigo se le comete:

la negrísima noche se les convertía en ruinoso placer atormentador, adquiría el sabor fraudulesco de la equivocación:

estaban deveras encorajinados:

mentando madres contra Bernabé, que les había jugado tan chueco:

qué carencia absoluta de compañerismo:

de solidaridad, de honestidad, de lealtad:

sintieron que la noche les despertaba un ansia desnuda, un hambre primitiva:

los cachetes hinchados de justificada rabia:

qué atropello abominable la deserción de Bernabé:

porque la empedernida lucidora amistad que escasos minutos antes fue orgullo y satisfacción del hombre:

de la especie humana:

de nosotros, ustedes, ellos, todos:

ahorita es ya puritita basura:

abrumadora y tenebrosa orfandad:

vil cascajo:

porque a partir del instante presente ya no sabemos ni creemos nada:

nada de nada ni de nadie:

ni lo que se ve ni lo que se toca:

por causas que el juicio no entiende por más que se exprima el seso:

podríamos dejar de ser y no sentir compasión sino indiferencia, como hacen la naturaleza y los astros:

como la luz, que no pesa ni hace ruido, ¿verdá?

Verdat.

¿Y ahora qué?

Triste tribu metropolita:

atribulada:

desamparada como si trajera un pálpito en el alma:

un mal hincado en el tercer ojo:

un espanto milenario torturándole el corazón:

la frustración ensombreciendo los semblantes de los mosqueteados:

lechuzas camuflajeadas entre el ramaje:

y para desquitarse, revancharse, del gachísimo cortón del Berna Tetrabelodonte, se dispusieron febriles, euforiscados en sus petulancias de plebe,

a orinar contra el zaguán de esa vecindad horrenda y apestosa a nidos de ratas y pobres almas en pena:

todos los tres más dos de los ositos panda de la Costa Chica:

el faltante no porque fue designado para echar aguas por si hacía su aparición indeseable una pandilla apatrullada de salvaguardianes de la defenestrosa ciudadanía defenestreña

(mi ciudadsota, tan mal educada ella):

quiso su límpida estrella, auxiliadora de defenses inocentes, que no apareciera ninguna manada uniformadamente punitiva, lo que les permitió desahogarse de lo lindo a chorromadrales:

y un ladridero de perros invisibles los acompañó en su meadero espumeadero encharcadero:

a más de atronar alegres burletas y enjundiosos resoplidos de satisfacción

(uf uf,

ah ah,

jajay jajay):

clamor de guerreros vitoreando sus ojetéces

una vez cumplimentada la venganza:

—Yo siento riquísimo cuando me vengo.

—Uy, yo más que tú.

—Pues yo más que todos juntos.

Y una vez aliviadas las vejigas, continuar no es objetivo sino desafío:

palabra de honor, de horror, de hedor:

así que

en sus marcas, listos y a treparse llenos de valor, con ardorosidad fuera de lordinario, a las naves espaciales:

volchito y dodgesote catarroso:

dispuestérrimos a cumplir la segunda diligencia de la noche:

—¿A dónde?

—Ya dijimos;

a la casa domicilio del Albino que promete que tiene un pomo casi virgencito y dispuesto a ser chupado por los farristas

(cortesía elemental, faltaba más):

sólo sube de tres en tres las escaleras para otorgarle un sentido abacho-becho a su esposita esposadita expósita (pero sin entreguismo de rogoneador) y baja hecho la mocha con el cargamento repleto de combustible etilicoso para refaccionarlos como se merecen sus mercedes.

Acatemos pues rumbo y destino y en marcha mis valientes valemadristas:

nomás que cuidado cuidadito con el arrancón del Oruga porque en una désas deja perdidos en la inmensidad noctívaga a los tres cochinitos:

sólo quel chofer cochinito, con experiencia de guarura certificado, traía untado defensa con defensa el dodgesote al volchito:

así que más bien cuidado cuidadete con una frenada en seco porque capaz que nos apachurran hasta el cerebelo y nos dejan transformaditos en melaza de cucaracha despanzurrada

(puaf puaf):

lo que equivaldría a la segunda guácala guacalera de la noche:

qué asquerosísima comparacionseja:

más en sintonía con el rudimentario abuelo del Bernabé que con un sujetazo de tu alcurnia y tu prosapia:

¡*Pa prosapia la de mis inches güevos*!

Atracón que han de estarse dando con el lodazal fermentado por el miadero las ratas arrabaleras

(si estuviésemos en el puerto diríamos ratas muelleras):

grandioso el encharcadero que dejaron, ¿verdá?

Verdat.

¡Qué cosa tan supremamente grandiosa, carnalitos!
¡Qué colosidad!
Festejoseando como enanos hasta chorrear lagrimones:
desbaratándose de la risa hasta el infarto de panza:
como enanos:
como auténticos enanos.
Un minutito de su atención, por favor:
estimado público cirquero:
pongamos un acentito sobre esa *i* chiquita:
¿sobre cuál?:
los tipos
(cualquier tipo, cualquier hijastro de vecino,
sin ofender la dignidad de los presentes):
cojen como enanos, se divierten como enanos, se pedo-
rrean como enanos…
De donde se deduce sin gran esfuerzamiento que los enanos lo ejecutan todo desaforadamente, superlativamente, en-
demasiadamente, que son dueños y señores de todos los excesos, que son lo maximísimo.
¿Será que son enanos porque todo lo tienen que hacer en
grande?
Con razón son tan engreídos, tan estirados.
Ya párenle, seamos justos y dejemos vivir en santa paz a los
enanos, ya estuvo bastante de estarlos fastidiando:
¿entonces?:
entonces digamos que los tipos que mencionas parlotean
como endemoniados, sudorosean como endemoniados, cago-
tosean como endemoniados, se encabronosean como…
endiabladurados, satanizados, belcebuceados, luzbeliza-
dos, mefistofeleseados, luciferados:
o simplemente como condenados:
y déjense de enumerar.
Chanceando en desorden y desconcierto:

a lo baboso, a lo chistosón:

con orgullo insensato que a la larga resulta en perjuicio, en dañerío indudable y vuelve a la noche desamorada y al tiempo una sonrisilla ajustable que se amplifica o se microscopea, se distorsiona, se embonita o se engesticula, se descompostura, se extiende o se atora, según el sentir y los decires de cada quien.

Inche Bernabé, quién loiba a decir:

el insomne abrumado por los relámpagos de la tristura:

quién iba a sospechosearlo siquiera:

el desconsiderado inestable, el tornadizo:

quién iba a creerlo:

el siempre compungido, el desencantado de siempre:

el sentenciado a la mortificación para toda la vida porque fue maltratado por la dolencia del resentimiento desde muy chiquito:

nada le gustaba, no lo saciaba nada:

lo de los demás inevitablemente era mejor:

sus parientes, sus juguetes, sus ropas…

Sí, inche Bernabé, es un apóstol de la catástrofe, descontento con todo:

inconforme de por vida con la familia que le tocó, con el lugar donde vive, con la escuela a la que fue, el trabajo que tiene, el dinero que gana…

—Con la novia no se metan: cortó Tito antes de que apareciera la perla llamada Conchita que daba la casualidad de que era su hermana

(me prestas)

»Y me la respetan.

»Ta güeno, carnal.

Porque él era el custodio de las desabridas de sus hermanas y quién sabe cómo carámbanos Conchita se fue a fijar en Bernabé:

tan poca cosa, tan pobre diablo, tan triple cero a la izquierda, tan patito feo, tan don nadie:

tan pedazo de mierda, pacabar pronto.

¿Y ella?

Para los demás sólo es una chamaquita gordezuela y timorata, hasta puritana si nos apuran un poco, con pequeños aires de grandeza:

pero para Bernabé es la quintaesencia, la cúspide, el apogeo:

«¿Qué será lo que le ve?», se pregunta Tito, que no sabe justipreciar los dones (las donas) de sus hermanas:

déjense ya de darle tanta importancia a ese mequetrefe hijo de su mal dormir, mejor pongamos los ojazos de la platicadera en lo euforicoso, en lo que le gratifica con bienestar al corazón:

es lo que digo yo:

y yo me sumo:

¿entonces?

Entonces Tito el Ocurrente, acordándose de ese delicioso olor a pescado fresco que algunas ocasiones ronda suavecito por las habitaciones de su cantón, extrajo de su arsenal de disparates y fantochadas de escasísimo juicio un asuntillo delicatesen que le ulceraba el ánimo:

¿qué tipo de ropa interior usa una mujer?:

los calzones, específicamente:

misteriosidad censurable e invisible que las distingue y las legitima:

¿cómo los escogen?,

¿por las telas, por los colores?,

¿amplios, diminutos, con adornitos?:

no es lo mismo otearlos en exhibición en las tiendas junto con los brasieres y los beibidoles y esas cosas:

no es lo mismo:

los calzones son el secreto más preciado de las mujeres, lo que las expresa, lo que define cómo son:

hay que fijarse en la cara que ponen cuando las miras sin calzones:

muchísimo peor que si las miras sin brasier o encueradas por completo:

quién sabe qué tienen los calzones que son como una gran incógnita:

¡y qué tal cuando adrede no traen calzones debajo del vestido!:

¡púchale!:

¡los dedos como que se santifican cuando lo descubren, cuando lo sienten!:

sus hermanas los lavan a escondidillas en el lavabo del baño y los tienden en sus propios cuartos para que él no los curiosee

(bien que le conocen su metichez):

aunque los ve dándose sus mañas de husmeador

(eso es abismarse en territorios del demonio).

—Qué gustazo le voy a dar a mi esposita, y los otros dos a sus jefas sacrosantas, que Dios se las conserve a perpetuidad.

Pero la cuestión es que nomás no puede pensar en su esposita

(su cuerpo dormido, sereno y radiante campo después de la batalla)

sin imaginarse luego lueguito a la Peggy, su incanjeable complemento:

muslos fervientes, embarnecidos para los roces de la caricia, para el mordisco y el esplendor:

bien que se sabe incompleto sin ellas:

fracción, reintegro:

letra muda:

mano sin pulgares:

lágrima sin pupila que la vierta:

laurel sin asomo de victoria:

la carencia de cualquiera dellas le trastorna la médula del carácter, le desfigura el asta de la voluntad, lo deja pequeño dios torturado:

confundido nervioso abrumado perplejo lastimado hundido:

emboscado malvadamente en su cuestarriba:

los ojos del espíritu como dañados

por la árida terrosidad de un desvarío, de una tristeza irremediable:

por el desorden desquiciadoramente ilimitado:

por el caos original entre disyuntiva y copulativa:

no es elegir una o la otra:

es adjudicarse una y la otra

(sumar, no restar ni dividir;

el plato de sopa es uno y uno se lo quiere despachar con dos cucharas):

porque la una sin la otra es como si no fuera nada:

ni a media naranja llega, ni a melón le sabe, ni a limón partido siquiera:

¿eso es locura o extravagancia?

¿Y qué la locura es menos que la razón?

¿No forman las dos parte esencial de uno mismo?

Aistá:

pues una es mi locura y la otra mi razón:

¿y cuál es cuál?

Ésa es la incógnita:

en eso injustamente radica la extravagancia:

en no saber distinguir entre lo falso y lo verdadero, o mejor dicho:

en que las dos son las verdaderas:

no, eso no puede ser:

aunque no pueda, lo cierto es que la primera llegó primero y la segunda llegó después:

lógica irrebatible, irreductible, incendiaria, sin más allá.

Así de sencilla y primitiva es la verdad, ¿verdá?

Verdat.

¿Quién dijo que el corazón no piensa, que no tiene su propia inteligencia?

Quién sabe quién lo dijo.

La cosa es que quien lo dijo no sabía lo que decía.

—Pues será misa de tres padres, pero para mí las dos son mis piedras preciosas.

—Pues yo nunca he visto una piedra preciosa.

—Pues ni yo.

—Pues vean mis ojos, par de güeyes.

Y soltó tremebunda carcajoseada, parecida a las de sus épocas de estudihambre.

Va a llevarle serenata al alma de su alma, pero qué diera porque fuese a Peggy:

porque a la que desea estrepitosamente, desnudamente, incontrovertiblemente, es a Peggy, a la que recuerda y recuenta en aquellos bárbaros momentos de locura en la playa es a Peggy:

el barniz claro de su piel laqueada por el sudor:

mis labios vueltos vientos marinos navegándole sus texturas, sus leves oleajes, sus espumosidades, sus poderosas mareas:

la recuerda como si procurara moverse dentro de un sueño oscuro y estrecho, entre las cuatro paredes íntimas de su memoria reducida a bóveda:

la recuerda como si fuese a la vez un convaleciente y un incurable:

la recuerda cuando enmudece:

o cuando se envuelve toda ella en dulces gemidos de complacencia, en jadeos de entrega inverosímil:

y aprieta los párpados, rememorando ese pasado en desuso, reviviéndola con esa su expresión fatigada y hermosa de mujer cumplida con escrupulosidad, gozando de una vehemencia singular y desconocida:

pero semejante a un brote alérgico, estalla lo que no se puede negar ni ocultar ni soslayar ni cosa que se le parezca:

las ilusiones quedaron atrás:

su formidable amor después de todo no tiene nada de particular y no significa absolutamente nada:

ya ni llorar es remedio:

ya ni pensar en agarrarse a golpes contra el desencanto, contra ese supliciador descorazonamiento que lo desgaja en dos, contra esa invencible sensación de fracaso que esclaviza gemelamente a la vigilia y al sueño.

Si soy, si he sido, si seré

veleta propicia a las prodigalidades del viento, carácter antojadizo y libre bajo la bragueta:

enamorado:

más que eso:

apasionado:

más todavía:

enloquecido:

infernado hasta la mayor espesura del tuétano:

achicharrándose por su esposita pero enhoguerándose por Peggy:

y al revés volteado:

enervadurado por Peggy pero lloriqueador por su esposita:

las dos o ninguna:

pluscuamperfectamente amoroso:

ultracategóricamente carnal:

mas no hay olvido ni resignación, y no cabe ya ni un trocito de esperanza:

147

involuntario desertor de la dichosidad porque se había visto obligado a elegir y había elegido el deber:

permanencia voluntaria, había dicho Peggy en un principio:

no, pertenencia forzosa, bromeó él muy en serio, creyendo machísticamente en lo que decía:

acaparador:

te quiero enterita para mí (ternerita, ricurita):

avaro, posesivo:

por más que el mundo diga nadie es dueño de nadie, él insiste en correr fuera de la pista:

yo quiero ser tu dueño:

tu propietario único y universal:

como por decreto, bajo juramento, por ley eterna:

ella entrecerró sus gatunos ojazos como evocando un viejísimo sueño inefable, y entonces, un día, cambió de parecer y le dijo te quiero con todas mis fuerzas:

se lo juramentó por lo más sagrado:

y le mordió la oreja, pícaramente:

y enseguidita le salió con esa imprudencia desmedida, con aquella exigencia absurda:

que dejara, que abandonara, que arrinconara al rincón de las muñecas feas a su esposita y a su hija y le concediera a ella el lugar de honor en la mesa (*sic*), lo que rompía por completo el escenario romantitrasnochado que a él le fascinaba:

porque sinceramente las amaba a las dos:

sólo que su esposita le había dado una hija preciosa quera su adoración, y eso Peggy debía admitirlo y respetarlo:

es cierto que él no fue muy honesto que digamos y no se lo mencionó desde el arranque de la carrera, más bien mentiroseó

(aistá, ¿ya observaste cómo sí hubo premeditación y ventajeo?, te lo dije, yo conozco a mi gente):

ni de chiste le confesó que era feliz en su matrimonio; se colocó el letrero de me estoy divorciando, dormimos en recá-

maras separadas, sigo con ella por la niña y así por el estila-
cho, y su esposita, acostumbrada a sus juegos, atenida a que
al cabo de los años los hombres cambian, se descalenturien-
tan, hizo como que no se percataba de absolutamente nada,
y cuando él plantificó los pies en la tierruca del paraíso ya no
podía vivir sin ninguna de las dos, de veras:

sólo que cada una en el sitio que le corresponde:

compañeras las dos, mujermente compañeras:

parte de mí mismo, candidato de la fortuna:

sin vaivenes sentimentales, o con los indispensables nada
más:

al alcance de mis manos, de mis ojuelos, de mis anhelacio-
nes, de mis alegrías, de mis ensueños.

Uf, cuánta pompa y vanagloria.

Reprobado como representante de la especie, de nuestra
sociedad masculina, de la familia:

vulgaris adulterus.

Su existencia, para él mismo, allá en sus adentros, es tarjeta
postal que exhibe un espejo desportillado, amarillento, sucio:

tendría que poner al día la bitácora de su vida, ques como
una obra de teatro infinitamente ensayada pero que no llega
nunca a estrenarse, como un baúl lleno al tope de correspon-
dencia por contestar, de reclamos por cumplir:

mañana sí empiezo,

mañana daré el primer paso,

mañana abriré los ojos,

mañana diré mi primera palabra,

mañana le haré caso a mi corazón,

mañana seré lo que hoy nunca puedo ser:

yomismo:

el improvechoso espectáculo de su vida parcelado en dos y
dos son cuatro y abecedé y etcétera y sanseacabó:

fin de la película que jamás dio principio.

El efecto urticante de la frustración lo lanza de bruces a la realidad y entonces él también, aunque torpe y a contracorriente, le entra al pitorreo con el que entretienen el trayecto sus compinches:

—Hay dos cosas que nomás no puede uno aguantarse, un dolor de muelas y las ganas de orinar,

las dos, cada una por su lado, claro, te intoleran, te acogotan las animosidades, te conducen a perder la cabeza, te desmantelan la cordura, te cancelan la serenidad, te atrofian la gobernabilidad de tus actos y te sacan de cualquier jugada;

digamos questás muy a gustito con tu novilla o con tu quelite, casi a punto de ganar cama, y en eso te acomete la punzada en la muela o la urgencia de pipisrrunear, pues ya estuvo que te desconcentraste, y conforme el malestar avanza la cosa se pone peor y acabas por chorrearle su melaza al encantamiento apremurando con cara de pedo atorado tengo quir al baño, ya sea para ingerirte un analgésico o para soltar la rienda al meadero;

como sea, a tu regreso ya nada es igual, el encanto pasó a ser cosa del ayer.

—¿Y a las mujeres les pasará lo mismo, tú?

—Idéntico,

tiburones y pirañas pertenecemos al mismo acuario.

Pero pasemos a otro tema de examen.

—¿Ora a cuál?

—Las recordaciones.

—No, ése ya está muy manoseado, muy marchitoseado.

—No leaunque, a ver,

¿a poco tú recuerdas cómo aprendiste a caminar, cuántos porrazones te diste, o cuándo se te cayeron los dientitos de leche, o cuándo te quitaron la gloria pulidita de la teta y cómo sufriste de impotencia los días siguientes? Uno —yo, tú, él, cualquiera— olvida hartísimas cosas, la inmensa mayoría de las cosas, y las almacena allá, en esa cueva inllenable que llamamos memoria, en formato de recuerdos que a veces saltan impetuosos como resortes de colchón, pero que más a menudo permanecen bajo siete millones de llaves para siempre.

—Oh, triste destino;

oh, güevonería que no nos deja ir a escarbar, a explorar, a desenterrar;

¡cuántos conocimientos perdidos!

—Como las perdidas de tus hermanas, digo yo.

—Pues la perdida será tu madre, retobo yo.

Ya, príncipes azulejos, dejémonos destar de fanfarroneros y fíjensen:

¿en qué?:

en el desgraciadurado del Oruga, que se ha pasado la vida tratando de sacarle la vuelta a sus fantasmerías y sus demoniosidades y sólo ha conseguido hacerse más visible y más vulnerable:

ah, pero eso no es nada nuevo:

está acostumbrado a vivir así:

como se ha acostumbrado a que su corazonsucho no esté en el escenario de la realidad que corresponde, sino en el de los recuerdos que guarda en el olvido:

su inmadurez data de tiempos inmemoriales:

lo grita a los cuatrocientos vientos su cara apolillada de entristecimientos:

aunque el más recordativo es el Albino:

su esposita, genuina y legítimamente dueña de sí misma, alegre y libre (pura) como sábana secándose al sol en el balcón del condominio (folclorismo que se ve cada vez menos y cuando se llega a ver es muy mal visto).

—¿Con cuál empezamos, mi jefe?

Ah jijo, pues si ya estaban a las puertas del edificio y él todavía instalado en la ensoñación:

los gorditos cantores con las guitarrucas agarradas como para batear con ellas, para partir madres y no para celebrarlas.

—Con *Amorcito corazón* estaría padre, ¿no?, san Pedrito Infante no falla;

o *Gema*, ¿se acuerdan?: *Eres la gema que Dios convirtiera en mujer…*;

o *Despierta, paloma de mis amores…*;

o aquella que, a la letra, dice *Pequeña, te digo pequeña, te llamo pequeña con toda mi voz.*

Ándenles, ésa le apachurra la sentimentalidad romantiquera a su esposita como si le atrincheraran un dedo del alma contra la puerta

…mi sueño, que tanto te sueña,
te espera, pequeña de mi corazón.

—Ayayay, lo que sea de cada quien, sí que se la trovan bonito estos condenados trovadores

(¿cómo podían pulsar las cuerdas tan delicadamente con esos dedos regordetes cual muñones infames, y cantar tan suavecitamente con esas bocazas de bagre?),

lenchinan a uno el cuero con sus voces tan pulidas, tan refinadas…

—Tan mariconas, dilo sin tapujos: acotó casi en secreto Tito el Camorrista sobre la oreja del Oruga:

y ya encarrerados los pico de oro le arremetieron con

Novia mía, novia mía,
cascabel de plata y oro,
tienes que ser mi mujer…

ganándose el pan con el pulcro, con el esmerado, gorgoriteo de sus gargantas:

el pan a secas, el pan duro, el pan bendito de Dios:

cada quien se lo gana y se lo come como Dios le da a entender.

Y al Albino, maestrazo del chantaje fogosón, le toca subir y saldar el resto de la encomienda:

no se parlamente más:

cargamentado de ansiedad sacó banderita de rendición, entró al edificio con ímpetus de excursionista, trepó de dos en dos los escalones hasta el segundo piso y penetró al departamento:

con tres propósitos bajo la manga ancha:

primero, para pedirle que lo perdone por todas las asquerosas imperfecciones de su carácter:

segundo, para convencerla de que todos los enredos que le achacan provienen de chismeríos, envidias y maldades:

tercero, para sincerarse recordándole las veces que han compartido glorias e infortunios:

en resumidas cuentas:

para concretar el trámite urgentérrimo de la reconciliación y del regocijante consumo conyugal.

Qué manera tan gacha de anfitronear, ¿se fijaron?:

no fue ni siquiera para decirles que si gustaban pasar a tomar algo, ir al baño, sentarse en la salita emplasticada:

no, nadita de nada:

no gana uno para perplejidades y sobresaltos, ¿verdá?

Verdat.

Se quedaron como animalitos amaestraditos que les ordenan ahí te quedas y se quedan ahí, dentro de un radio banquetero no muy amplio:

prendieron cigarrines, caminaron de acá pallá cual tigres o leones enjaulados, o cual hamstersitos:

el Oruga, hacia la izquierda, rememorando:

Tito, hacia la derecha, tratando de pensamentar en algo sin lograrlo.

¿Y qué rememorizaba el Oruga?

Pues por puritita asociatividad de ideas, ni más ni menos que aquel primer desastroso amor de sus amores, incubado, desarrollado y frustracionado en la azotea del edificio donde vivió de chamacuelo:

recordacionó:

Las noches con ella en el edén de la azotea ya eran la parte más importante de su vida, ni en las escaleras ni en los pasillos del edificio, ni en la casa de ella ni en la de él, en ninguna parte se hablaban o se dirigían la mirada durante el día, como si no existieran, como si la noche fuera invención suya, y también la azotea, y ellos fueran un cachito de esa súper divina invención que es la noche; y a él se le ocurrió que si se hacían novios iban a poder vivirla a cualquier hora de la mañana o de la tarde porque los novios no lo son sólo de noche, como ellos, que quién sabe qué eran; lo que sí sabía es que eran tantísimas las cosas que había vivido y aprendido y disfrutado en la azotea entre los brazos de ella, en la boca mojada de ella, en las palabras de ella, porque no nada más se besaban y se acariciaban, sino que además platicaban como muy buenos amigos, como novios, platicaban de sus sentimientos, de sus anhelos de hacer esto o aquello, de lo que les gustaría ser cuando fuesen mayores, y es que todavía eran chicos, aunque besarse y toquetearse como lo hacían era cosa de grandes, y cuando decían eso a ella le daba por pegársele más, por abrir más la boca para besar, por dejar que las manos de él la exploraran más debajo del vestido, en esas sus piernas desnudas que él sentía como piernas de señora madura, por lo firmes que estaban, por lo macizas, por lo calientes; lo dejaba besarla, chuparla, lamerla, y con una actitud de mujer fervorosamente sabia lo adiestraba así sí, así no, mejor así, lo guiaba, lo enseñaba, lo iba haciendo a su modo, y le preguntaba lo que a él le gustaba y se lo complacía aunque a veces él creyera que aquello era una indecencia o por lo menos una falta de respeto o un abuso, pero ella nada más se mordía el labio de abajo, pensativa, y al final decía bueno, si es lo que te gusta, y él quería que eso no se acabara nunca, que siguiera así la vida entera, y por eso quiso hacerla su novia, y lo pensó muchas veces antes de decírselo, en los momentos en que la besaba y la tocaba se ponía a pensarlo, y por fin se atrevió y se lo dijo, jicotillo que anda en pos de doña Blanca le pidió que fuera su novia, y que se le aparece doña Diabla; ella se zafó del abrazo, lo miró muy fijamente, le dedicó una sonrisa marca caramelo de cereza, le acercó los labios a la oreja y le dijo no, y después contempló su cara, la recorrió completa con la vista, como decepcionada, y repitió más fuerte NO, con una contundencia de despedida, como un tiro de gracia, y bajó las escaleras con rapidez y nunca más, expresó NO y se derrumbó todo, se terminó para siempre, y el Oruga, pobrecito, se quedó solo, muy solo, con un desaliento enorme, entontecido bajo el peso de una congoja sin límites, con la sensación punzante hasta las lágrimas de haberse convertido para toda la vida en el más triste de los hombres, porque a partir de esa noche lo ignoró, lo olvidó, lo desamó, si es que alguna vez el amor le anduvo entre las caricias y los jadeos y las frotaciones, y él tampoco volvió nunca a tratar de formalizar ninguna relación, nunca volvió a exponerse al rechazo porque jamás pudo comprender ni reponerse cabalmente de aquel despojo, no quiso repetir la vergüenza imborrable de quedarse boquiabiertamente plantado, y lo que son las cosas:

la cantidad de veces que ha pensado que si ella apareciera de nuevo en su vida, dispuesta a ser su mujer, no la aceptaría, no podría volver a tocarla, a besarla, mucho menos a amarla:

el despecho, el resentimiento acumulado, no se lo permitiría, a pesar de que ese recuerdo, espeso y tenaz, estaba siempre acechándolo, y regresaba una y otra y otra vez, con saña, tangible, casi físico:

155

como un rato antes, cuando los repegones vivaces y alegres de esa hembrita escuálida del cabaret le habían puesto la memoria en llamas, en brasas, en candela pura, al muy baboso, al muy emocionalista, al muy neuroticón lamentalizador:

ah, el olvido es algo tan difícil, tan despacioso, tan sufrimentero

(digámoslo aquí entre nos y a espaldas de nuestro heroísmo macho):

haz de cuenta Cristo acabadito de bajar de la cruz, así se sentía por dentro.

En cambio Tito, luego de mordisquearse las uñas un buen rato, se había puesto a echar relajo con los trovadores, a los que tenía cadavéricos de la risa:

Tito el Chistosete, la velita del pastel, el júbilo vivo de cualquier fiesta:

el muerto del velorio y el novio del casorio.

Se desapartaron de los cancioneros, se abrazaron por los hombros, caminaron algunos pasos alargando un mutismo que duró aproximadamente un cuarto de siglo y al cabo uno de ellos desentumió la lengua:

—Oye, ¿a ti tu jefa te espera despierta hasta que llegas?

—Sí, ¿a ti también? Por más que le he dicho que se acueste, no, aistá de plantón en la sala esperándome, bien terca ques.

—A mí no me pela para muchas cosas, pero siempre está pendiente de a qué hora hago mi arribo al hogarsucho, y por eso no me gusta llegar tarde.

—Pues ahorita ya es tarde.

Inevitablemente hay un día en que sucede lo que nunca había sucedido, en que confidencias el más recóndito secreto que cargas en el buche:

—Bueno, no, la verdad es que no, le importa un pito a qué hora llego, incluso si llego o no.

—Igualito a mí, le valgo madres

(uf uf).

Y ya puestos en ese tenor, por ahí continuaron dándole vuelo a la hilacha de la afliccionadura:

oh, nacidos para sufrir:

hasta que por fin, a las quinientas y tantas, Albino hizo su reaparición:

descamisado, desgreñado, inmoderadamente ridículo, estúpidamente feliz, con una expresión radiante y plena, resoplando cual caballo salvaje y con furores de toro loco en la mirada, diciendo que cayó en la emboscada amorosa y ustedes habrán de disculparlo pero ya no sigue

(upsss upsss):

—¿¡Que qué!?

(gulp gulp):

anuncio desazonante, crispante, que recibieron con una incredulidad convulsa, histérica:

¿¡tú también, Bruto!?:

vaya berrinche pocatuerca que se tragosearon:

él lo expresuró alegrosamente, pero resultó idéntico que si les hubiese arrojado un salivazo a la cara:

¿y esperaba que aprobaran su deserción?:

estaba decidido, porque no había nada, nada en la vida, que se igualara al gran amor que su esposita sentía por él, ni tampoco al inmenso amor que él sentía por su esposita:

dicho lo anterior con sonrisa placentera, de profunda satisfacción de sí mismo, como si trajese hundido en el olfato un perfume salvajemente amujerado:

así que ustedes entenderán:

abandona la parrandería sin culpa ni vergüenza ni arrepentimiento.

—No la chifles, inche Albino.

Una tímida, raquítica protesta:

era una estafa de sí mismo, un fraude:

se necesita no tener madre:

y como para borrar la ofensa recibida le recriminaron:

—¿No que con las dos o con ninguna?

Golpe abajo del cinturón:

él no iba a responder a curiosidades malsanas:

aunque eso sí:

a manera de honrosa compensación los refacciona con la botelluca prometida y unos cuantos pesos de colaboración para los musiqueros:

sí, él también se culebreó:

qué sorpresa casi macabra:

pero no, alega él:

no es traicionadez, es amor

(dicho esto prodigiosamente enmelazado):

—¿Yo qué iba a saber que esto pasaría?, ni que fuera reimago.

Ahí adentro estaba su esposita, que lo amaba, y él a ella, con todo su ser:

maximizando el fervor por su lozanía, por el señorío de su silueta delgada que con el tiempo adquirió nuevas discretas proporciones:

en efecto, no pasan los años por ella, si acaso con la madurez ha embarnecido lo suyo y algunas carnes se le han venido un poco abajo, pero eso en vez de restarle la vuelve más atractiva, más codiciable

(¿entonces era simple y llana difamación aquello de sus caderas puritanas, sus piernas cerradas como puertas de convento, su carencia de flujos vaginales, su rejega sensualidad semejante a cuchillería de mesa? ¿No él mismo hacía el ruin escarnio de que no sabía si era rígida o frígida, por lo melindrosa que se mostraba para el beso y la caricia, para sus expresiones de pasión que rebosaban almíbares de espanto?):

qué canallezcada:

»Así que arrivederchi, compañebrios.

¡Pa compañebrios mis inches güevos!

Como huevos chuquiaques quedaron ellos dos:

Tito y el Oruga:

como ángeles equívocos:

como guaguacitos sin dueño:

como soldaditos emplomados esperando instrucciones:

inche Albino:

tenían el aspecto patético de un par de idiotas horroriza-
dos:

¿qué se hace en estos casos?:

¿dónde quedó el uno para todos y todos para uno?:

ínfimos en su desolación, reducidos, renegaban por la
nueva espantosa merma en sus atributos camaredilés de juer-
guistas:

expuestos como en vidriera de sastrería, exhibidos ante los
trovadores que se miraban entre sí:

otro que les juega la bromita:

mientras, ellos no se podían mover, anulados por la estupefacción, torpones y sorprendidos, disminuidos:

¿qué hacemos?:

¿decimos que nosotros también arrojamos la toalla o qué?:

azorazonzados los muy bestias ahora aplacados, mansito,
ignorantes de cómo comportarse provechosamente en una situación de esta envergadura

(siéntate mientras esperas):

igual que si los hubiesen revolcado en terreno baldío y contra tierra suelta:

empolvados de tristeza, de decepción, autorizados a conferenciar especulando coautoramente, antropófagamente:

inches amigos:

inche día festivoso:

inche país.

En definitiva:

cuánto asquerío:

cuánta pobredumbre.

Ora sublimes, ora ridículos (cuestión de asegunes):

¿y la luna, ombligo de la noche, dónde está?

La verdad quedó frente a ellos en toda su apabullantosa encueradez:

se consultaron con sus ojitos pajaritos:

dos:

quedamos dos:

¿iban a ponerse a chilletear?

Nevermente:

se crecieron al castigo, se agigantaron:

no somos cascariteros amater, somos profesionales de cancha reglamentariosa:

y dos somos más que muchos:

bastantes, hartosuficientes:

material más que meritoriamente calificado para cumplimentar lo que faltaba del cometido.

Y se abrazaron para sellar el pacto de quellos sí juntos hasta el final

(flap flap):

abrazo de solidario y musculoso aprecio quera símbolo diáfano de fiabilidad y comprobación de serena y digna amistad:

cosa meritoria para adornar la vista de los incrédulos:

quién podría dudamentar o desacreditar este hecho por cuya cabalidad la mano más desconfiadora se metería solita en el fuego.

Y los rechonchones musiqueteros, con sus trajes de tres piezas y sus corbatas pedestres y anticuadas, con sus buches de iguana de múltiples papadas y sus heroicas guitarras atornilladas bajo los sobacos, los escrutaban con observancias de gárgolas aguantando vara:

se ven bien afables estos cuates:

¡Pa cuates afables mis inches güevos!

—No se pongan nerviosos, mis nobles cantores, de aquí pal real todavía hay un buen trecho.

Que no se note blanduración ni achicamiento de cojones:

dibujan un ademán entusiasta y triunfante y ¡vamos a seguirla!, declaran a la par riñonudamente, con seguridad:

sonrientísimos y simpatiquérrimos como excremento de golondrina formadora de veraneo:

y en diciendo y en haciendo se envehicularon y a grito pelado a rape arrearon a los pasmados troveros:

—¡Jálenle!

Y rechinó el arrancón rencoroso del cochecito y el no menos estruendosante del dodgesote dispuesto a no quedarse ni dos centímetros atrás, lo que le cayó ahora sí de veras mal al Oruga, que propuso:

—Vamos a despistar un rato a estos cabroncejos.

Y sin negociar si a tu casa de té o a la deste seguro servidor enfiló por Vértiz y recaló en División del Norte rumbo a la Alberca Olímpica, al sur de la ciudadsota erizada de edificios y comercios, intrincada y perpleja, y para aumentar el tonelaje a la suicidantesca persecución peliculera apagoseó las miniluces:

al cabo que ni se requieren:

con el alumbramiento publicorrientoso es sobrado y suficiente.

Tito sólo arrugó y desarrugó convulsamente los pliegues del entrecejo, como para corroborar o negar la afirmación del Oruga, pero no atrevió comentario alguno, y Hugoso Maloso arremetió por callejuelillas y atajaduras y sentidos contrarios a los comunes y al llegar al circuito interior lo embistió cual si fuese pistaje de carreras, y Tito copiloto se agarroseaba con veinte uñejas y ponía ojuelos de venado neuroticón, pero no repelaba ni un ápice ante la imprudencia:

161

nomás expresaba su aquí estoy con un jadeísmo rítmico, ininterrumpido, casi podríamos decir:

fornicatorio:

quizá acordándose de su propio cuerpo

perniciosamente desnudo:

insolentemente desvalido:

indecentemente expuesto al horror de sí mismo:

al espanto desesperado que expulsaban sus propios ojos:

y sintió unos deseos extremos de llorar, de pedir clemencia, de suplicar perdón aunque no supiera de qué ni a quién:

necesitaba ser perdonado:

eso era todo:

por su dolor, por sus rencores, por su miedo a la vida:

perdonado por ser tan pequeño, tan miserable

(no sean ojaldrinas, obesitas sistersitas, ya lo agarraron de su puerquito o qué, sestán pasando de la raya):

y desde lo más resentido de su pecho le desembucha en su cara a la mamá lo que ella y las hermanas dejaron de hacer por él, porque a su carnal mayor bien que lo ayudaron a gananciarse una carrera, pero como luego se casamentó y las abandonó pues entonces ya no quisieron empeñarse ni tantito por él:

que se amuele, decían ellas, aunque con otras palabras más feas

(las muy pelanduscas):

que aprenda a ser hombrecito solo

(el siempre de nunca acabar),

y él, enrabietado y victimita, bramó desde su ronco pecho:

para esto mejor ni hubiera nacido:

más tardó en pronunciarlo que en recibir tremebundo cachetadón de vuelo amplísimo que le plantificó la señora autora original de sus días y que lo puso de nalguitas en el suelo, por su actitud rebelde y desafiante:

qué pegada la de doña furibunda barrigona:

entre lagrimones y lamiendo piso la vio:

anchurosa y carnosona de por sí:

las piernas groseramente gruesas, exageradamente vari-
cosas:

su volumen corporal ha crecido y crecido y crecido por el
hábito monjeril de dormir sentada; se le ha hecho en el abdo-
men una desagradable faja de grasa jamona que ella en vez de
intentar disimular pone de manifiesto usando blusas ajusta-
das que le abultan y derraman aún más los pechos

(él alguna vez se atragantó con ellos,

sorbiéndolos, chupándolos, nutriéndose de ellos,

mordisqueándolos con sus encías nuevitas, sangrándoles
el grueso pezón con la punta recién brotada de algún dientito primerizo).

Mirándola parece inconcebible que haya fornicado lo suficiente para dar a luz cuatro evitas y dos adancitos:

engendradora de engendros

(splash splash):

vaya cachorra ardorosamentosa que ha de haber sido.

Y ahora no es una mujer vieja, pero sí descuidada, agrieta-
da, apática, con una especie de inocultable malsabor de gui-
so echado a perder

(su pobre orgullo es el pelo corto teñido de color nicotina):

una mujer atormentada a la que ninguna crítica, ninguna
mofa, ningún consejo le alza roncha

(el alma femenina tiene unas callosidades que no las ablan-
das ni con piedra pómez):

agazapada sin remedio bajo su caparazón, ve pasar los so-
les y las lluvias de su existir desleídamente, inmune por igual
a las cariñosidades que a las vejacionaduras, nada la conmue-
ve ni le reverdece el rabo ni la inmuta:

lo único que conserva joven son los ojos:

apanterados, alertas:

¿ella también lo habrá espiado alguna vez?:

¿también le conocerá las formas de su adicción a sí mismo?

¿su afición a mirarse desnudo en el espejo, a ponerse los calzones de sus hermanas y a posar sus músculos con ellos, a masturbosearse?:

él tiene la sospecha de que ella clandestinamente se la pasa investigándole los entretelones de su privacidad:

lo olfatea, lo pesquisea:

y siente que lo mira con un sentimiento mixto:

mitad conmiseración mitad repugnancia:

desde mucho tiempo atrás, su relación con ella es un mecanismo que juega a trabarse y destrabarse continuamente:

aunque en rigor es más el tiempo que pasa trabado que destrabado.

Y había una cosa que a sus hermanas les erizaba las pestañas:

Tito y su mamá dormían en la misma habitación

(alguna de ellas intuía que a veces hasta en la misma cama).

No obstante el maltratamiento que recibía, se autodesignó el cancerberazo, el custodiador vitalicio, el ministerio público de sus fraternitas en reglamentaria etapa casamentera:

el guardián de su inmaculado tesoro virginal.

Medio apendejumbrado o apendealelado y medio por la parturienta laboración de evocacionadura que lo acometió, Tito se volvió hacia la retaguardia para medir qué tanto se habían despegado de sus perseguidores:

algo, pero no lo bastante como para perderlos de vista.

Y el Oruga seguía pisando el acelerador como en plena huida:

como lo hacía siempre ante algo que se zafaba de su control, que lo rebasaba, que se le botaba de las manos, que no conseguía resolver:

pegaba la carrera, se largaba, se escabullía:

no enfrentaba:

se escurría, desertaba:

él mismo sin saber por qué esa necesidad de profugarse, de fugitivarse:

ignorante de qué es lo que lo lastima, lo persigue, lo martiriza:

¿será de la verdad de su propia vida?

Pues desentráñala ya, si no la escupes se te convierte en úlcera en el alma, o en tumor maligno, ¿verdá?

Verdat.

La verdad te hará libre:

¿de qué?:

del mal de ti mismo, de lo que no te atreves a confesarle a nadie, ni a ti, y que te pudre por dentro, se te hace más pesado que piedra volcánica y no te deja que tu vida sea tuya, sino un desastre que no sabes qué es.

Bueno, la verdad en este caso es tan sencilla y tan retadora como que le vale madres llevarle serenata a su jefa, y más verdad aún que no le nace llevarle nada, no se le antoja verla ni en pintura rupestre, mucho menos hipocritear el rolecito de hijo (m)amantísimo

(cling cling):

y Tito lo intuye porque da la recanija casualidad que a él tampoco le interesa actorear el papelón ante su mamá y sus hermanuchas:

así fue como le enseñó la vida, como aprendió los procederes de la realidad:

así eran sus emociones:

catedrales de mar o de nube:

indecisas, cambiantes de un suspiro a otro suspiro:

inquietantes como rumor de avispas en la sala de tu casa,

como gato con hambre de varios días,

como sátiro devorando un fruto en descomposición.

Y en tan honestas confidencialidades estaban cuando de repente una infimita maniobra para esquivar un bache tamaño cenote peninsular se convirtió en pérdida de control, vuelco formidable y el vehiculito se estampó rectamente, rotundamente, espectacularmente contra la fatalidad de las barras de contención:

¡pom pum cuas!:

¡plaf!:

¡pácatelas!:

Los primeros en acercarse, sofocados, asustados, cautelosos, fueron los tres mantecosos matadietas perseguidores que se enfrentaron a una visión espeluznante, desorbitada:

¡qué santo madrazo!

asombrados e incrédulos, asomaron para corroborar la magnitud del daño y se acalambraron, se espeluznaron de pe a pa con el espantoso espectáculo:

¡Chíngale!:

como si aquello no pudiera ser cierto de ninguna manera, como si esa furiosa retorcedura de fierros y láminas y esos cristales vueltos estrellitas de granizo y esas figuras desportilladas fuesen una extraña equivocación, una realidad extraordinaria e inaceptable, absurda:

¿es un mal sueño, el desquiciamiento de una pesadilla?:

estremeciéndose de honda piedad, estrujándose las manos inútiles, anegradas por la negruridad nocturna, jadeosos impotentes, se atemblorinaron con involuntaria nerviosidad que disimulaba su ciega repugnancia, una suerte de lástima envuelta en náuseas, la experiencia de sensaciones opuestas, la mezcla de repulsión y espanto y compasión sincerísima del doloramiento ajeno,

cómo pudieron ser tan brutos estos muchachitos,

con un destello intenso y colérico, con una expresión aternurada de corderitos orfandados,

míralos nomás,
¡se rompieron toda su madre!:
se hallaban como atascados en una trampa ratonera, atrozmente indefensos y solitarios, los cuerpos prensados, entre
deplorables y repugnantes, desastrosamente engarruñados,
monstruosamente degradados, infames, con un lejano aspecto atónito, inconmovible, desolado, confuso, infamiliar, y a la
vez redimidos por una especie de pureza insólita, aterradora.
¡Pobres güeyes!:
como si los hubieran agarrado a patadas de burro:
o como si una mano invisible, gigantesca y poderosa, les
hubiese asestado un abominable puñetazo homicida:
o como si los hubiese arrollado un montacargas dejándo-
los hechos pulpa:
ellos de seguro ni se dieron cuenta:
si supiera uno cuándo se lo va a cargar la fregada:
quedaron hechos chatarra dentro de la chatarra:
cual cucarachas comprimidas, aplastadas:
no tuvieron oportunidad ni de chistar, de articular ni mu,
de pajaritear ni pío, de arrepentirse, de saldar sus deudas pen-
dientes, de ponerse en paz:
nadita de nada:
contra la mala pata no se puede:
cuando te toca ni aunque te hagas de ladito:
qué gacho.
Buitres fantasmas, figuras sin gracia, imitación de monjes
místicos, las gentes empezando a arremolinarse alrededor:
¿de dónde salen tantos curioseadores, cómo arriban, a qué
se acercan, qué los atrae?:
tornándose zalameros con el morbo, remilgosos con la
sangre, arrimándose de oreja a oreja delgadísimas voces de in-
trigamiento, de urgentísima especulación, de piadosidad ar-
diente y entonación iglesiera.

Los dos muchachos estaban expuestos como en macabro escaparate,

en cajita fuerte,

en minúscula bóveda, iluminados por un potente reflector proveniente de una construcción cercana:

uno de los dos,

como víctima de tortura, de linchamiento, tenía un trozo del rostro desollado, los ojos pegosteosos, sanguinolentos, extraviados dentro de las órbitas, los pómulos convertidos en dos insoportables manchas negras, la nariz atrozmente enchuecada, la boca desmesuradamente abierta, la mandíbula abandonada, el cuello abotagado, como inflado a la fuerza, la cabeza parecía fuera de lugar, puesta falsamente sobre el tronco desmadejado, sucio de sangre, flemas, mucosidades, el cuerpo entero quieto, inalterablemente quieto, con un brutal aspecto de irrealidad, de total desvalimiento, de pavoroso milagro al revés:

el otro de los dos

mostraba una palidez amarillenta, o verdosa, o grisácea, como si la sangre, en cámara lenta, fuese dejando de fluir en sus venas, quitándole el aliento, fatigándole el corazón, vaciándole el cerebro:

aguántate, muchacho, ya merito va a venir la ambulancia, aguanta, por lo que más quieras, aguántate, mijito, apúrate mi cielo, bien sabes que te estoy esperando, que si tú no llegas no me puedo dormir, mi niño, mi muchachito, su carita risueña, llena de entusiasmo, diciéndole tú bien sabes que eres lo único para mí, lo más sagrado, de todo lo que tengo tú eres lo único que me importa, y lo abraza y lo besa como no lo ha hecho nunca antes, haciendo un esfuerzo mayúsculo por mantener los párpados alzados, pendiente de los ruidos a su alrededor, las voces de las gentes, los coches que pasan, tú sabes cómo me tienes con el pendiente de que te vaya a pasar algo, no sé, nunca se sabe, y yo me muero si te llega a pasar cualquier cosa, no me mortifiques con tu tardanza:

daba la impresión de que febrilmente se resistía a algo, o que inútilmente se aferraba a algo, lo que no dejaba saber si sufría o si ya estaba más allá de cualquier sufrimiento, las pupilas zozobrantes, casi borradas, lejanamente tristes, y la lengua gruesa y seca como un pedazo de felpa dolorosamente hinchada y paralizada entre los labios acenizados que a lo mejor pretendían pero que no acertaban a emitir ni un lamento, ni un quejido, ni media palabra y sólo hacían, con terribles intervalos entre un respiro y otro, un sonido estertorante de pulmón agónico, como si nunca fueran a terminar de morir su muerte eterna:

ya voy a llegar, mamá, ya estoy muy cerca, no te duermas, espérame, necesito decirte un secreto, estoy apurando el paso, de veras, no te enojes, no me regañes, sí, ya sé que me lo dices por mi bien, pero a medida que se acercaba se iba alejando cada vez más, y ella estaba cansada, había tenido un día pesadísimo que no se lo deseaba a nadie, y él tardaba tanto en llegar, en esta llegada que es una despedida, una despedida tan fuera de lugar, tan increíble, como si quisiera castigarla con su lejanía, ya desde chiquito siempre con sus reclamos, sus peticiones de más atención, de cariño, como si nunca fuera suficiente el que le daba, porque la verdad es que ella lo quería mucho, pero no podía dejarlo todo para estar de tiempo completo con él, no seas malo, mijito, compréndeme, pórtate bien, y los ojos se le cierran sin querer, se va durmiendo por más que se resista, aunque quiera seguir esperando, pero ya es tan tarde, por Dios, el sueño se adueña de sus ojos sin poder evitarlo, no te preocupes, mamá, no me pasa nada, duérmete, pierde cuidado, es sólo que yo también tengo mucho sueño, pero voy a continuar despierto, aunque mis ojos se cierren sin querer, y ya no alcance a verte:

iba como desdibujándose, como dejando de ser, declinando, dándose de baja, cancelándose, volviéndose recuerdo, niebla, fantasma, un desconocido, su corazón envejeciendo por segundos, cada latido le costaba un pedazo de vida, aunque cada latido decía que aún había ahí un ser humano vivo:

tengo que ir allá para que mamá, que es tan friolenta, la pobrecita, no se quede esperándome con esa preocupada ternura, esa angustia en el pecho carcomiéndola porque no termino de llegar, esa alarma con que pasa las horas esperando ilusionada que la puerta se abra, pero ya estoy muy cerca, me presiente y súbitamente ansiosa extiende sus manos para tocarme, se asombra de su respiración quebrada por algún imprevisto sollozo, y yo le digo que todo está bien, que de veras no pasa nada, y le beso los párpados, y ella sonríe y deja que sus párpados desciendan poco a poco junto con los crudos resplandores de la noche, que se van apagando mientras mamá, aliviada, conmigo a su lado, tranquila, vuelve a dormir, a flotar en ese sueño en el que estamos juntos, abrazados, para siempre:

hasta que, ineluctablemente, ante los aterrados observadores, con la sensación demoledora de un hundimiento, de una caída sin límites, convulsionó apenasmente, el aliento cesó en su obstinación, se doblegó y se rindió por completo, una rendición que significaba al mismo tiempo una victoria, y el desamparo absoluto se apoderó de sus músculos, de sus nervios, de su piel:

su cuerpo quedó inverosímilmente extendido sobre un costado:

saltó el puente y fue inaudita la rapidez con que algo semejante a una sombra se apoderó de él, lo declaró ajeno ya a este mundo, lo igualó al de su camarada en la pureza de su quietud total, en su soledad inmutable,

liberado de problemas, incertidumbres, insomnios,

absuelto ya de conciencia, de voluntad y deseos:

a partir de ahora estaban solos, completamente solos, cada uno abrazado a su propia y definitiva soledad, su extrema, insobornable, última soledad:

concluyeron, capítulo cerrado.

En medio de ellos, en esa intolerable caverna que era ahora el autito, había un paraguas negro semiabierto.

No es justo.

¿Y qué sí es justo?

Todas las cosas nos las manda Dios, todo es obra suya, si alguien sabe por qué es Él.

La noche, como una gran pasión olvidada, permanece al margen, impávida:

¿qué le importan a la noche dos muchachos más o dos muchachos menos?

Le importan un soberano carajete.

Ellos se van pero el espacio permanece, el tiempo continúa su marcha triunfal como si nada:

la gente seguirá naciendo, copulando, riendo, haciendo negocios, mentándose la madre:

nada concluye porque dejaron de respirar:

porque su pulso se detuvo:

porque quedaron fuera de servicio:

porque fueron arrancados de la vida por un simple manotazo de la suerte

o del destino

o como cada quien quiera llamarle:

el caso es que llegaron a su punto final:

su hasta aquí:

ya no hay página siguiente:

ni paso adelante:

ni nuevo amanecer:

no lo hay:

ya no crecerá más su edad:

se les acabó el cuento, se terminó de sopetón la historia breve de sus vidas, colorín colorado, cada quien su propio tiempo, su duración, y nadie sabrá nunca si le harán falta a alguien, si alguien los necesitará una semana, dos años o para siempre, cómo saberlo:

ahora sólo son espantosas caricaturas de lo que fueron:

espantajos desfigurados:

atrapados en esa mueca ilimitada que los abarca por completo:

indefensos y a la vez como iluminados:

ya limpios de miedo, de resabios, de sufrimiento.

Vacíos, ausentes ya para para toda la eternidad de los ruidos y los afanes del mundo, causaban una misericordia sin nombre.

Los involuntarios dolientes veían aquel incompresible apagamiento con una especie de fascinación hipnótica que les provocaba un efecto enervante, una extraña estupefacción de estar vivos,

los trovadores obligados a callar se persignaron y comenzaron a rezar, como en trance, con actitud ferviente, entrañable, con una devoción repleta de apremio, con una fe abrumadora:

compungidos y consternados:

así en la tierra como en el cielo:

oraban gravemente, casi en tono sacerdotal, como si bendijeran, como si esa sola misión fuese el sentido de su vida, el propósito único por el que habían venido a esta tierra:

y asimismo como temerosos de perturbar aquella calma nueva, misteriosa, fundamental y profunda:

aunque de pronto, Dios nos perdone:

—¡Y ora!, ¡quién chingaos nos va a pagar!

Acompañado el reclamo con el impulso relampagueante

de una patada irónica y tristemente rabiosa contra las láminas retorcidas de la salpicadera:

y una de las llantas, vayan ustedes a saber si resintiendo el golpazo, se puso a girar suavecito, sin ruido, como en el cine mudo:

¡puta madre!